風滾草

包子逸

目錄

1 移動的饗宴

2 夜的出口

3 吸菸的拳擊手

4 幻象之幻象

1

移動的饗宴

基隆午夜與欲望地帶

我經常漫遊基隆，幾乎每一次都遇雨，雨勢往往驚天地泣鬼神。冬日，港都如果遇上滂沱的夜，緊迫的寒意足以刮花整個世界，潮濕而顆粒感的雨聲，老黑膠那樣沙啞唱出舊日時光，嘩嘩洗去某戶人家的麻將響，導致幽暗的窗面不斷起霧，充滿水手的回憶。

午夜過後觀光客退潮，基隆夜市露出礁石般原始的空曠大街，晚班的小攤卻才開始登岸，小燈如月，靜靜迎來另一批顧客，是一些夜半飛來吃消夜的謀生者，船員、駕駛，與不知從哪裡剛下班下課的倦鳥。

早應該在被窩裡淘夢的深夜，基隆小吃界負責夜巡的隱世高手徐徐入港，在城裡畸零的角落部署，開花般在巷弄騎樓、橋下或荒地上擺出陣仗。

那些暗號一樣的食鋪，隨意且小，時興低調的美德。熬夜張羅的老闆，對漫長的營業史輕描淡寫，服務的多半不是貪歡而健忘的露水旅人，而是陪他們過日子的食客。

實際上，基隆小吃攤車分早場、下午場、晚場和凌晨場，定點與遊走型，不但密集、數量繁多，而且保持了所有這一行的誠意：攤子雖小但絕不妄自菲薄，東西做得好吃，而且食材幾乎不和附近的攤車內容重複。一旦決定要以此業維生，就真的能耐著性子，每天風雨無阻在馬路邊經營個幾十年，讓喜歡吃的人從小吃到大、吃到老。這點使我看到固執的基隆陰雨也無法沖毀的輝煌，在低微的生活細瑣中，一種人的美好堅持，幹勁與驕傲。

偶爾熱天午後從馬路一頭推來，眾人識途老馬那樣默默朝著無名小攤聚攏，圍著老闆痛快嗑光豆花和手搖剉冰。卡車司機途經三沙灣還沒靠邊停好，探出頭來喊：「兩碗米苔目！」老闆大聲應答，疊了兩碗碎冰小山送過馬路。轉角熱氣氤氳的小攤，一碗鮮魚湯、麵線或吉古拉。只有到晚上才會滷成玫瑰色的蘿蔔與花干。在香精大行其道的時代，每天炒糖熬漿數小時，堅持自然香的老派茶飲……這是基隆面朝大海，流動式的幸福。

曾經有段日子，從市中心一路延伸到七堵、五堵，基隆市議員的競選巨幅廣告寫著：「用行動帶來改變」，「快樂、幸福、新基隆」，旁邊搭配黃色小鴨的傻臉。恐怕每一個字都是謊言。被捲入賄案的基隆，就和體垢厚到需要洗臉，洗完又馬上自體爆炸的黃色小鴨一樣使人尷尬，有哭花了眼影的狼狽。

基隆的悲慘命運，不僅僅是火車站的「翻新」一次又一次把它「翻醜」了，或者民間敦促保留的古蹟半夜老套地失了火、拆了牆，大概也不是日治時代清麗的市景，如今宛如白頭宮女斑駁而憂鬱，而在於那恆常的政治黑暗，如當地處處可見的陰沉牆面，似乎永遠處於油漆未乾或剝落長霉的狀態，那才是比基隆雨勢更哭杯哭母的事。

傾盆大雨。

有一次雨大到《千禧曼波》裡的那座天橋狂漏電，燈光一閃一閃的，雨直的橫的噴濺而入，活像鬧鬼。那次遇到一名執業三十幾年的運匠，抱怨很多，說起話來就像基隆的天氣，語調平坦得像牆壁滲水，彷彿為了印證他個人與基隆的無奈，以及對於命運逆轉的徹底失望。告別前，他說：「歡迎下次再來基隆！」可是聲音裡沒有任何熱情。

另一次是深夜的魚市。崁仔頂魚市午夜後才開市，凌晨六點半左右收市，最熱鬧的時候是半夜三四點。當整個城市陷入沉睡的時候，市場正慢慢啟動，像準時的齒輪，一格一格轉開新的一天，大雨也無法阻撓那積極的節奏感。此時，魚的眼睛仍清澈透明，剛燙好的魚羹尚來不及放涼，已經被訂取，準備出發。這樣的時間，竟還有廟方派出的祈福舞獅隊伍，在魚市裡放鞭炮，穿透雨聲的鞭炮聲一點都不含糊，炸開來在深夜的魚市裡聽起來像槍響，似乎還更響亮。

淋著雨的綠色舞獅濕淋淋地在鞭炮炸出來的煙霧中擺著頭，魚市明亮的燈光將人群照出清晰的金邊剪影，構成非常福氣的一個畫面，生動鮮豔，吵雜之中卻有種沉靜的、慢動作似的力量，我站在天橋下看呆了，拿出相機想捕捉的時候，煙已散。

嘉義的自由女神與尿尿小童

嘉義市中心有座縮小的自由女神像，高高站在交通繁忙的民族路路岔小島上，島的四周圍了一圈刻苦耐勞、不易折損、毫無特色的灌木叢，是台灣典型的安全島植物。灌木叢被修剪成一圈沒有存在感的低矮樹籬，塑膠柵欄一樣，讓人徹底忘記它們也是會呼吸的生物。

女神踩著一個宛如節拍器的高大底座，上頭寫著「團結博愛」等八股格言。她忍著五十肩的困擾高舉火炬，黑色電線從眼前穿越，房仲、餐廳和蛋捲的巨型廣告看板蝦兵蟹將一樣緊緊簇擁著她，那些需要兌換的欲望如此龐大，使得女神看起來嬌小玲瓏。此時腳底下摩托車騎士噗噗催油門經過，可能一輩子都沒有注意到女神的存在。

這位旅居嘉義的外籍女神坐擁的景觀視野，和站在曼哈頓以及東京台場的親戚們比起來，確實不夠壯麗或浪漫，但有大隱隱於市的意思。我因此想起，前陣子看到一部片，開場沒多久就出現了好萊塢老套的「天哪！那是自由女神哪！」歐洲難民坐船抵美的喜相逢畫面，他們指著女神像眼睛閃閃發亮、歡欣鼓舞，激情得像一場歌舞秀，讓我看不下去，直接把片子關掉。我不喜歡這種宣揚神格化美國自由領土的俗濫劇情，和現實格格不入。

卓別林在一九一七年拍攝過一部默片短劇《移民》（*The Immigrant*），片中也有移／難民看到自由女神像的畫面，那大概是美國影史中唯一沒有在自由女神像上塗滿美國夢蜜汁的故事，鏡頭以擬真手法拍攝自由女神從側邊緩緩移入視線，本來坐在船甲上的人們紛紛站起來欣賞這一幕，他們仔細卻寧靜地凝視著，臉上有喜悅但有更多的疲倦，整個過程只有短短幾秒，完全沒有好萊塢式「狂喜」表情的渲染，接下來要下船了，突然船員拉出鐵鍊，把他們像動物一樣隔離在等待線後方，一群人推擠著，表情既無奈又驚懼。凝視自由女神像那幕耐人尋味，也遠比那些好萊塢誇張的場面調度來得更真實點題——一支耗盡力氣拔河的隊伍，在拔河結束耗盡力氣的剎那，就算得知終於結束了奮鬥，也不會有力氣「突然之間站起來狂歡奔跑」，更何況是那些歷經滄桑、對茫然未知新世界有複雜情緒的外來者。

舊世界的破敗、船艙上的動盪，接下來要在埃利斯島（Ellis Island）上接受檢調，並且在異地求生的過程，沒有一件是浪漫的嘉年華，甚至異常折磨人，我不曉得為什麼好萊塢總是要把當年的移民演得像毫無生命歷練的呆頭鵝，把自由女神詮釋得像某種可以讓人瞬間嗨爆的精神失控毒品。卓別林令人敬仰的地方在於，他拍的是誇張的喜劇片，片中卻有很多很細緻、直指人心深處的地方，偷渡了許多寧靜深刻的鏡頭，充滿批判性，笑鬧之中往往讓人感覺淒涼。在《移民》之中，他透過一名身無分文的移民者境遇，以滑稽的過程描述當年移民者所遭遇的現實和歧視，然而他也不忘給予移民者圓滿的愛情，我覺得那才是最接近人性真實、無論在何處都能獲得的最好的希望。

我那來自嘉義的朋友說，嘉義不只有（幾乎無人理會的）自由女神，還有來自比利時的尿尿小童喔，就在中山公園裡面。我突然想到，路過嘉義市區時，我也撞見過東門圓環中央佇立的幾尊拙劣尿尿小童仿品，彷彿是在宣揚全球化的無遠弗屆，嘉義顯然有五尊以上公然撒尿的藝術雕像，我見到的四位贗品尿尿小童和自由女神一樣，高高站在馬路口半空中，肚子凸出朝東西南北方各自努力宣洩，身旁的路樹似乎因為有了童子尿的滋潤，比自由女神腳邊的樹叢來得更高大、更翠綠。

手心向上的人

某年夏天旅居巴黎，向台灣留學生承租廉價的閣樓房間，據說百年前是女僕住的地方，小小的窗外是更多的閣樓，灰藍的屋頂上綴滿風笛般的紅瓦短煙囪，那顏色與布局像簡潔的水彩畫，也像輕快的小曲。住所斜對面鄰居有一隻黃貓，日日以女王的姿態坐在敞開的窗口看風景。

我所寄居的頂樓空間有兩間女僕房，一間漆成淡藍色，一間漆成鵝黃色，我住的是他們暱稱為 le bleu 那間，房間外有條狹窄勉強能容身一人的走道，走道上神奇地再隔出更窄的流理台和掛了浴簾的單人沖澡盆，我就在那薄薄的隙縫裡煮飯和洗澡。

女僕閣樓附近有間聖敘爾比斯（St. Sulpice）教堂，教堂內有雅各和大天使摔角的巨幅壁畫。一日天氣和煦，但仍有晚春的涼，散步前往探訪，教堂外站了一位衣冠楚楚的男士，他幫每位進教堂參觀或祈禱的人拉門，不過經過他旁邊的時候我才意識到他是乞者，他幫我拉門，卻對我說 merci。

走出教堂的時候，那手心向上的人還在。我知道他在門外等我，所以在跨出門之前已經預先在手裡捏好一枚銅板，走出去的時候塞進他涼涼的手裡，他在我身後說了一串朦朧的話，我不知道作什麼感想，只能踱開。

雅各和大天使壁畫的細節我已經記不得了，但至今我還記得那石化般涼涼的一瞬。

聖母院也在居所不遠處，地鐵一站即達。那天是五月三十日，臨時在聖母院站下車，聖母院前的花園滿滿拍照的遊客，忙著拍特寫的，還有忙著拍「本人到此一遊」與地標合照的。聖母院怪獸造型的排水口張大嘴巴，露出驚恐的表情。

聖母院門口三三兩兩站著幾個嘟噥著不曉得說什麼的乞者，讓人想到龍山寺面前向善男信女尋求憐憫的流浪漢，進了聖母院之後，才二十步之遙，右手邊就多了間需要額外收錢的「寶物展覽室」，裡面盡是鑲金戴玉的聖經和道袍，價值連城的稀世珍品，諸如：疑似耶穌殉道所背的十字架木屑等等。出了寶物室，知名的彩繪玻璃每一扇都閃爍著璀璨的花色，一盞盞索價不一的雪白蠟燭在聖潔的大廳裡溫柔地燃燒起每個人的願望，懺悔室敞開，等著有罪的凡人在牧師前面流淚。一切都莊嚴肅穆，充滿宗教的寧靜和平與愛。

然後，跨出聖母院之後，又是一名乞者，風鑽過他破了的衣襟。

宗教的聖堂外通常都是乞丐的天堂，這大概普天下最讓人心酸的諷刺。十九世紀末的西班牙寫實小說《仁慈》（*Misericordia*），講的正是一群每天上教堂外乞討的乞者的故事，對宗教力量、財產再分配與社會階級極盡挖苦之能事。西班牙賽維亞（Sevilla）城內由清真寺改建的天主大教堂停放哥倫布棺木，聽說是因為他出航前往新大陸之前，每天都會來這間教堂禱告，這一出遠門，馬上靠著黃金和砲彈的威力，把西班牙國威推向巔峰，也許是這樣的關係，這間教堂裡面以純金雕塑的聖壇，華麗得不可逼視，如果將這些金子磨成粉，恐怕能養活全世界流浪漢八輩子。

二十一世紀，舊時的故事還是寫實地在身邊上演。神也不能解決聖殿面前階級不平等的窘狀，現實人生其實有很多破敗的地方，那些遠在廟堂之上的神祇，不曉得看不看得清楚。

喬治．歐威爾曾經把自身在巴黎以及倫敦經歷身無分文、飢寒交迫的經歷寫成了《巴黎倫敦落魄記》（*Down and Out in Paris and London*, 1933），書的背景正好是巴黎拉丁區，我在那個夏天的閣樓與樹蔭裡好好地讀過一回，慶幸我那巢穴似的藍色閣樓沒有叫囂的房客、亂爬的蟲蝨，狹窄的流理台雖小，而且骨董管線因為老舊的設計，偶爾打嗝似地發出沼澤的薰臭，我還不至於失去溫飽。

歐威爾走投無路沒飯吃，和朋友阿B（實際名字是Boris）打發時間討論夢幻大餐菜單的那個植物園，就在女僕閣樓後方不遠處，至於他和阿B上上下下奔走、想盡辦法找零工的那幾條大馬路，不到一百年的光景，已經從二十世紀初破爛如貧民窟的地區變成土地昂貴的文教區，那些充斥著酒醉失業流浪漢的西沃里路（Rue de Rivoli）如今高級商店林立，觀光客川流不息，光鮮亮麗，貼出顯眼而誘惑人心的折扣廣告：SOLDES! SOLDES!

歐威爾很詳細地在書中敘述了赤貧者（雖然他先前靠賣文及家教維生，後來卻因故停止，花了很多力氣才找到在飯店打雜兼洗碗的差使）求生存與挨餓的經過，是那樣的寫實的絕境，百廢待舉的年代，衣不蔽體的飢餓。但他永遠是那樣淡然的口吻、澄澈的眼睛，而且沒有遺失幽默。這本書的結尾是這樣的：

不過，那些苦日子還是讓我確切領悟了幾件事。我再也不會認為所有的流浪漢都是酗酒的無賴，不再因為給了乞丐一毛錢而指望他感恩，不再驚訝失業者精神萎靡，不再捐物資給救世軍，不再典當衣物，不再拒絕傳單，也不再去時髦餐廳享用大餐。這是一個開始。

這是一個開始。讀到這裡我心裡微微一震，腦海裡閃過許多畫面，先是那些排隊在香榭儷舍買ＬＶ的人，接著是每天傍晚在我的公寓前地鐵站跪舉紙牌的乞丐，他的紙牌上清晰地寫著：「J'ai faim」，我餓。

越南素描

初抵胡志明市。我獨自搭乘公車152號來到市中心的過程，見識到名不虛傳的浩瀚摩托車海，以及宛如腸絞痛的交通阻塞，連我這種在台北騎小綿羊出生入死的正港台客都要大吃一驚，登陸諾曼地都不足以形容在這裡穿越馬路的情景。

如果你不巧想要過馬路，要訣就是：心一横，抱著不成功便成仁的決心，以動如脫兔、躲子彈的矯健身手，手刀衝進車陣。或者，你也可以像我一樣：趕緊就地找正要過馬路的越南老婆婆或從容抱著娃娃的母親作掩護（容我向妳們致敬）。想體會摩西過海的感覺，不妨來胡志明市穿越馬路。

行前我聽說胡志明市的人喜歡按喇叭，載我到市區的公車司機俐落示範了如何每隔三十秒就按一下喇叭的技術。紐約的計程車也特愛按喇叭，可是紐約司機們按喇叭按得很憤怒、很有氣魄、很沒有耐性，按喇叭是一種情不自禁、配合情緒變化衍生出來的動作，從情緒的不爽到叭叭叭的噪音，整個流程有明確的因果關係。

然而，胡志明市的司機按喇叭的動作更加出神入化、渾然天成，你完全無法領悟為什麼他要按喇叭，他們按喇叭按得如此自然而不牽動情感，彷彿按喇叭只是一種類似於撥劉海或者鼻孔張闔的動作，就好像人需要呼吸，開車當然也需要按喇叭那樣，是一種內建系統，不需要驅動程式，無關大腦認知科學的行為。

胡志明市的交通警察從事的是一種相當有挫折感的職業，首先，他們的土色制服實在非常不顯眼——也許這件事間接導致了車流不聽指揮的後果。我坐的公車在某個十字路口逗留了十五分鐘，路口的車流擠得像某種高難度的中國結，每輛車都不斷催油門衝往不同的方向，讓人深深覺得這裡的交警從事的是一種比把自由女神變不見還要更偉大的魔術事業。

胡志明市最大的實體資產，除了過剩的摩托車之外，還有各式各樣軍事博物館和文物，通常都相當殘破，當地摩托車司機見到觀光客，經常掏出宣傳本子，問來客要不要去體驗軍政府與軍人當年的生活。趙德胤的電影裡經常出現摩托車，摩托車夫、摩托車走私客等，你可以說摩托車也是他的慣用演員，在他所有片子裡扮演了穿針引線的角色。趙德胤曾經在訪談中提及，二十年前摩托車在緬甸曾經是富裕的象徵，早期進緬甸的摩托車是泰國、日本品牌，泰國的品牌名稱是Dream，它讓人相信它能帶你到更好的地方。我在寮國與摩托車行裡的租車少年談摩托車時，在他眼裡看到了趙德胤電影裡經常看到的一種草莽氣，那種想離開邊境、轉動命運之輪的想望。這種想望在東南亞所有的摩托車夫身上都看得見。

東南亞與南美越落後的國家，狗的品種越統一，就是土狗。越有錢，越會引進奇怪的品種。在紐約，你可以看到大得像半匹馬的狗，小到像放大老鼠的狗，還有那種很可憐長得像香腸，腳短得像貢丸的臘腸狗，要不就是應該要在北極圈奔跑釋放體力的哈士奇，不是畸形就是明顯水土不服。我所走過的幾個東南亞國家隨機抽樣來說，馬來西亞最富裕，狗種最花俏，再來是越南，寮國和柬埔寨一律只有土狗，身材中等，精壯、眼神聰慧、毛短的那種褐色或偏咖啡黑的土狗。看這些狗就好像看到了人類的貪念，錢越多，願望越花俏，也越畸形得無法控制。

路上偶見走動的雞和雞籠，後來才知道他們玩鬥雞，那些雞都是戰士。第三世界國家的人玩鬥雞、鬥蟋蟀、鬥狗，都是小而可以取代的動物。殖民國家的人玩鬥牛、賭馬，都是龐然巨物。

胡志明市街景有上海法國區的影子，包括街道的寬度、路樹的密度。凡走過必留下痕跡，所有和我們要好過的人，那些征服過我們的人，是不是也都在我們身上留下了他們的影子？

入夜後，越南街上賣毛鴨仔蛋（孵化到一半的雞蛋）的人經常在自己的籃子裡點一盞幾乎和鵝蛋一樣大的白色燈泡，旁邊放一些檸檬醬料，遠觀幾乎有聊齋的感覺。

越南的路邊攤桌椅相當一致地矮小，有點類似於台南擔仔麵的桌椅，遠遠看就像一群人蹲在路上吃東西。台中第一廣場內壞掉的手扶梯旁邊，複製了大片越南街頭巷尾群聚的矮桌椅，那陣仗一擺出來，搭配啤酒，瀰漫著特製的鄉愁。

我經常晚上隨便選個路邊攤坐下來以食指表示「給我一碗隨便什麼都可以」，老闆問我要「剁」還是「綿」（兩種食物我都聽不懂啊，老闆），我就二選一選了綿，以為會是某種麵，結果端出來是鴨肉米粉。老闆一邊下米粉一邊和朋友喝威士忌，兩個人臉紅得像關公，明明才晚上七點啊。

洋人也在路邊吃東西，但是他們依然偏好去那些讓他們感到熟悉的洋式酒吧，靠在高一點的桌椅旁，點著他們熟悉的薯條，喝著國際品牌啤酒，聽西洋排行榜的背景音。此外他們不像本地人，在路邊速戰速決吃完就拍拍屁股走人，他們喜歡 chill out，喜歡晾在路邊，把越南人蹲在路邊吃東西喝咖啡的精神發揚光大。一開始我不能理解為什麼會有人想要坐在露天座位上欣賞胡志明市的摩托車海，那砰砰作響的摩托車引擎聲、此起彼落的喇叭聲和宛如黑色迷霧的廢氣，都相當具有侵略性，但轉念一想，這樣壯觀的車流，對那些非第三世界國家的人民來說，也算是奇景。

在會安古城偶遇的俄國情侶非常可愛。我問他們怎麼相識的，男人說女朋友是鄰居，他英文不太好，向我形容少年時初見女友心頭小鹿亂撞的樣子，用手在左胸比畫心臟跳出心口的動作。夜遊至三更半夜，和他們道了晚安，一個人踽踽獨行返回與觀光區有一點距離的旅館，獨自走在睡著的小村，路上又黑又靜又有小蛇，街燈有點接觸不良，一閃一閃地，原本清幽的心境頓時變成有點鬧鬼的心情。

出國前諸多情報都說越南人奸詐不可信賴，然而，儘管越南話聽起來粗啞而扁，聽起來來者不善，但我所碰到的絕大部分越南人都有種溫柔得幾乎有點歉然的氣質，到底是現實遭到蒙蔽，還是遭到了誤會了呢？有人說我感受到的熱情是互相的。難道我對越南人懷抱著歉然的情感嗎？

經過超過一個星期生死一線間的馬路穿越魔鬼訓練之後，有位老阿婆過馬路的時候不安地靠了過來，抓著我的手臂請我帶她過馬路！這無疑是越南之旅最大的一項成就。

一個香港迷的自白：華仔與我

第一次去香港是小時候和家人參加旅行團，新加坡搭配香港行。在患有潔癖的城市國家後緊接著造訪香港，香港豈止亂得像弟弟的房間。

港都留給我最早的印象是旅館窗外的風景：對面高樓櫛次鱗比，牆面斑駁得像黑白混搭迷彩布料，住宅大樓窗外斜斜插了無數衣架，衣服就在灰濛濛的牆外搖啊搖。現在想起來，當時我看到的香港應該是九龍。

香港留給我的第二印象有點難以啟齒：我和父母搭上了一艘在維多利亞港漫遊（並讓我父母後悔莫及）的「愛之船」，也許我們上船的重點是吃晚餐，但我只記得在我面前跳脫衣舞，並在地板上表演高難度 solo 激烈性愛地板動作的女郎。

像牙籤一樣插滿待乾衣物的摩天樓、還有在我面前近乎全裸、波浪般扭動的女郎，這就是我對香港的初始印象。

我和香港不算熟，但是感覺與香港親近，在我規律的造訪裡。我並不夢想久居於這個彈丸之地（以居住空間來說，彈丸並非誇飾），但在候鳥的眼中，這座洋紫荊之城十分多姿。實際上，任何像我一樣喜歡菜市場和夜市這一類不按牌理出牌混亂場所的人，都應該會被香港的妖氣所吸引。先不論這個城市的高樓造成空氣的汙染有多嚴重，香港知識分子又如何悲嘆此地文化有多拜金與疏鬆，從光明面來看，東方之珠的地質景觀絕對是世界上絕無僅有，而這個城市的文化與生活情調確實是落花水面皆文章。

香港是充滿小坡的城市，好比里斯本和舊金山。充滿小坡的城市先天就有視覺趣味的優勢，它們總是有許多狹小的階梯和迴旋小徑，路面不平，經常有柳暗花明又一村的驚喜感，最重要的是，可以方便地在不同角落看見海洋，提醒你疆土的邊際——無論一個人距離海邊有多遠。

我特別喜歡香港的街車，全世界只有香港的街車這樣瘦長，像移動的巨型麻將。這是個充滿俯角的城市，搭上街車的時候、登上摩天樓、走下階梯與小坡、回到居所（甚至經過鬼屋）的時候，都能看到風景在腳下，造成一種靜好的疏離與親密感。登高望遠，總帶給我一種燈火闌珊處那種祥和無語的感觸，彷彿只要登到一個高點，世界上的某種困擾也就能被化解，因為解答就靜靜擱在眼簾下。

香港的生活情調可以從它文字的厚度談起。香港人整天都被港式豔麗的文字所包

喜

圍，也許會覺得我大驚小怪，但是我光是隨機亂讀香港的招牌和報章雜誌文字，已覺得妙不可言。港式華文用字之精準與豪邁讓人歎為觀止，從最簡單的名字談起，各個都是最高級，彷佛不讓人印象深刻它就對不起命名的意義。好比說，他們地鐵站有「彩虹」、「荔枝角」和「鑽石山」、「牛頭角」，光是想像自己住在「彩虹」就很讓人興奮，台灣的文字風情比起來只能算是清粥小菜，「淡水」和「中山」等等聽起來風格相對低沉，而台灣人唯一卯足全力取名的所在，通常是房地產建案、度假中心和旅館，越該放鬆之處，名字取得越筋肉鼓起。台灣的美食街從來也沒有誰要花心思去弄個花俏的名字，好像「美食街」這名稱已經開宗明義說得夠清楚了：賣的就是「美食」，啊不然你還想怎樣——可是香港美食街不願意屈就「美食街」為「美食街」，總是要特別替它取個尊號，比如「大食代」，氣勢磅礴，又「大」又「時代」，還沒有走到小小的吃飯地方就覺得走路有風了，那麼走到「鑽石山」的感覺豈不是特別金碧輝煌？

我有一位住在港島「鰂魚涌」站旁的朋友華仔，那一站距離港民口中的藍色「香港大酒店」不遠，這「大酒店」其實是香港名流死後都會進去的「香港殯儀館」，這麼叫是因為酒店和殯儀館裡的人橫豎都是「躺著」的，嘴巴很厲害的港民這麼解釋。

如果說我是個市場控，我的香港朋友華仔就是個猛鬼控[1]，連她的手機鈴聲選的都是類似《倩女幽魂》裡猛鬼出巡時才會配的特殊音效，任何可以鬧鬼的地方華仔都喜歡，不曉得怎麼回事，竟然還擬了一份Happy Graving List，鍾情於所謂的「一墓一會」，每次到一個新的地方旅行，她必須去當地墓園散個步才開心，就好像我如果有機會一定會去當地市場散個步才爽快——如果說她圖的是「猛鬼」區的故事性，我喜歡菜市場恐怕圖的也是一種故事性，只是乍看之下調性天南地北，她流連的那方是死人的故事，我流連的這方是活人的熱鬧，也許這生死兩方都是殊途同歸也說不定。

交了這樣一位朋友的後遺症是：凡看到墓碑店、金紙堆、墓仔埔、亂葬崗和各式各樣魑魅魍魎的東西，都會想到她，而我萬萬沒想到可以想到她的機會出乎意料的多，從此有被開了天眼，從此產生可以直視陰陽兩界之感，這真是萬不得已。

香港有許多知名的「大押」（當鋪），無論走到哪裡都能看到氣勢萬鈞的大押霓虹看板，色彩冶豔，高高掛在大馬路上方，不似台灣的當鋪，總是妄自菲薄，顯得有些獐

1 台灣人所謂的「陰森森」在香港有個對等形容詞：「猛鬼」。「陰森森」聽起來非常文弱，「猛鬼」這種形容詞聽起來卻好像會七孔流血似的。

頭鼠面的意思，藏在走廊某角，隱氣吞聲有見不得光的侷促。

我和華仔曾經去灣仔的和昌大押古蹟修建而成的酒吧頂樓，這是一座超過百年的老牌當鋪舊址，兩個人坐在那兒摸黑乘涼，當時並不曉得後來會發生警方出動衝鋒隊到天台驅逐訪客的事件。

古蹟翻建成雅痞消費場所，和當今上海灘風情很類似，政府把公共財的古樓租給食肆，市民獲得了什麼呢？能不能借一點點天台的月光？有人抗議，說古蹟保存不應只是服務有錢消費階級。在輿論壓力下，市建局口頭要求租戶將天台定調為有限的公共空間，允許市民在特定時段、不帶外食的前提下造訪天台，但租戶仍有權不對外開放。這種事特別眼熟，台北也有許多豪宅打造了（偽）公共空間以換取容積獎勵額度，但等到房子蓋好了，那些照理來說應該開放給市民使用的「公共空間」卻以各種障眼法藏了起來，市民原本有權使用它，卻不被賦予機會。

我與華仔共享天台的那個晚上，夜涼如水，頂樓沒有開燈，但四周燈火爍爍，並不覺得孤絕。我們所盤據的這一小片陰影斜對角就是「福臨門」大酒家，據聞那是香港富紳特別愛去的餐館，門口停了一排黑亮亮的名車，「福臨門」霓虹招牌的光無私地分享給了所有路過的叮叮車，天台也借來了一點熱鬧。我們在這天台上享受免費的夜景，對門在一擲千金吃燕窩鮑魚，各有各的福神，也許對門的胖一點。

離開香港後，我聽說和昌大押發生了一次警方派遣衝鋒隊勸離天台民眾的事件。為了提醒市民享用公共空間的權利，華仔的朋友組織了一次天台的占領行動，號稱「出奇地不可能的觀光體驗」，為了配合禁帶外食的規定，一行人攜水到天台豪飲，吹泡泡、寫生、彈吉他、拍照留影，短暫而象徵性地取回主場，拒絕被當成見不得光的觀光客。在那次占領之後，天台的主場終究還是讓給了消費者，如今不再對外開放。

因為這樣的曲折，我與華仔先前在天台上愜意的納涼時光等於被官方認證是相當難得的。不過，我必須坦承，當時我們的愜意最後有些草草了事，並不是衰神臨門，而是被一隻出門兜風的蟑螂給破了。華仔也許可以和猛鬼閒話家常，但是她的罩門卻是可以用腳迅速踩扁的蟑螂。因為這隻探頭沿著天台牆邊說 hello的蟑螂，華仔感到一陣毛骨悚然，我也就提議離開。

萬萬沒想到，離開這因為蟑螂而讓她毛骨悚然之處之後，華仔決定領我去看「鬼屋」。灣仔近山腳有棟荒廢的大宅叫「南固台」，旁邊有一條小徑，沿山坡蜿蜒至山底。夜裡這沿坡而下的階梯很黑，我還得掏出背包裡的手電筒照路。這棟鬼屋有些值得玩味的歷史故事，曾經有一則八卦新聞報導：「有八名青年到荒廢多年的船街南固台探險，其中一位少女疑被鬼上身狂叫亂跑，變了男聲加上力大無窮，要出動四位警員才可制伏她」……嘩，我以為變成男聲是《3D肉蒲團》才會出現的情節？

當時上鬼屋的階梯還能通行，如今已經不能再那麼貼身體驗這大宅院有多猛鬼，華仔相當享受當時能近距離觀察鬼屋的郊遊，就像昆蟲學家在野外看到罕見的甲蟲。聽說將來會改建成婚宴場所，我問華仔，鬼屋改成婚宴場所，不知道港人買不買單？她毫不猶豫地說，買。這很合理，香港一屋難求，近年來凶宅在香港暢銷到擠破頭都買不到呢，「窮鬼仲得人驚過真鬼」（窮鬼比真鬼可怕啦）！

彼時我在南固台一面聽鬼故事，一面用手電筒掃射鬼屋那依然相當壯觀的破敗磚牆，有那麼一秒不可遏抑出現某種恐怖感，恐怖的級數以華仔的標準來說可能類似於蟑螂飛撲到她臉上並且上下爬行。

就在我開始有那麼一點「交友不慎」的感慨前，華仔決定一不做二不休，帶我去看下一站她號稱「非常猛鬼」的地方，我不知道華仔如此追求登峰造極的恐怖，那是太古廣場三期前的一條死巷，死巷上方掛了一面幾層樓高的巨大紅色招牌，據說是鎮煞之用，此地多年前曾是戰爭時期的停屍間，後來可能冤魂擾亂不斷，所以有單位特別以大紅招牌鎮煞，並在下方裝設了小廟祠，對面的太古廣場三期大樓入口更設計了無數佛像裝置藝術，據說也有避邪功能。

我們去小廟致敬，離開的時候，華仔問我：廟後面那是三個人在抽菸是嗎？我像被閃電劈中那般倏然回首，看到三個人在青光之下身影慘白，覺得喉嚨一緊。如果不是那一閃一閃的菸頭，暗示了活生生的呼吸，我還真怕華仔要上前說幸會、幸會，與回灣仔憶當年的已故士兵話家常。

華仔家是老式香港公寓，樓很高，每一層都住戶繁多，長長一條走廊旁延伸出無數單位，門是側拉式的，走廊窄，若不側拉門，開門肯定打到對面人家。進了門，家中浴室只容轉身，必須把盥洗衣物連同浴室內的置物架先移出門外才能洗澡，香港寸土寸金到如此境地，在電影中看過，現場看仍是相當超現實的。香港人習慣居住於高處，我聽另一位港島居民說，他搬到唐樓比較多的元朗舊區，太接近地表反而覺得不踏實、沒有安全感，可見得香港地景多麼激烈向上，人們又多麼依賴高處。從華仔公寓大樓窗口望下去，行人小如螻蟻，兩個街角都是菜市，水果攤的紅色帆布遮雨棚上很豪氣地刷了碩大的幾個白字：「地球人都知浩仔鮮菓最平（便宜）」，我更加懷疑自己係外星人了。

台北占有店面的水果、青菜或者鮮肉專賣店鋪相對而言少了許多，在台北，鮮肉鋪多半在傳統市場裡窩身，水果攤經常只是一台卡車停在路邊兜售如此而已。在香港，隨便哪裡都覺得民以食為天。街市的那種生猛勁道，不知該說是活蹦亂跳，還是愁雲慘霧——怎麼說呢，一切看起來都如此眼花撩亂、人氣鼎盛，但是老闆臉上皆有港人經常出現的那種疲倦面容。有一次我在一個街市，看到一名肉販就在一條死豬紅豔豔的豬頭、排骨和垂吊的豬尾巴旁走道上睡著了。可是又能怎麼辦？它們早早開市，晚晚下工，都是為了經營、貢獻給港人食的方便。台灣的市場從來沒有這麼賣命，要不是賣早場，就是賣黃昏，白日的菜市晚上變身為夜市，賣的是不一樣的東西，幾乎沒有那種馬拉松式整天開賣的傳統菜市，我家附近的兩個市場，平常日上三竿的時候幾乎都沒有菜了。

如果來到香港的邊界，光是小小一個元朗就有好幾座市場大樓，露天街市與從早到晚賣鮮果的店鋪還不包括在內。以我這麼一個外人看來，新界西幾個住宅區的人都是圍繞著傳統市場打轉的這一類人，他們不是賣菜的那一方，就是每天必須省錢上菜市買菜的那方，很少看到港島或者九龍那邊打扮得花枝招展提著商場購物袋的貴婦，路上自然也沒有價格高到可以讓人買上三輩子菜的跑車（而這種車在香港相當氾濫）。當然元朗現在的地產發展也是火箭一樣發展迅速了，漸漸也高樓大廈西方商場了起來，但傳統上，元朗的城裡人，無論在等大巴通勤或返工，看起來都像背著一個沉沉的隱形包袱，永遠在路上，有點心不在焉，似未定之命。

距離華仔家不遠的北角春秧街市，也是我最喜歡的街市之一。這個街市賣的東西不算特別，街的一側店家專門賣生鮮蔬果，另一側則賣各式雜貨，但有趣的是香港街車會從市場正中央轟隆隆穿越而過，充滿市井情調——食衣住行的香港風光，這一條小街都兼顧到了，育樂就交給像我這樣的遊客來完成吧。

對我而言，香港菜市場最迷人的特色是一律套上紅色塑膠燈罩的吊燈，無論大白天的陽光多耀眼，他們照例豪爽地在自己賣的各式生鮮攤子上掛上無數紅燈罩燈泡，這些燈罩就像一篇文章上可圈可點的紅批，又好像一大落有機生命的發光紅香菇，把各種食材照得活跳新鮮，無論從什麼角度看都可愛得不得了。

春秧街市附近幾條街的名字也很有意思，實際上，香港街上能見的名字十之八九都很有意思，與春秧街交錯的街是沒有賣糖水的「糖水道」，再過去一條是沒有書局的「書局街」，兩條有名無實的老街中間夾著看不見大理石的「馬寶道」（Marble Road），還有已經距離爪哇很遠的「渣華道」（當年的「爪哇道」，二十世紀初有「爪哇輪船公司」在此設立總部）。這些街道也許已經不能反映現況，卻依舊閃現歷史的趣味。香港文字的趣味就在這種隱而不顯的古意裡面，比起台灣那些只能反映出台灣戒嚴時期無聊政宣的街名來說，有滋味太多。

距離春秧街不遠處的英皇道上，就是六七年左派工會引發香港暴動的重要據點「華豐國貨」。所謂「國貨」公司並不是台灣那種賣大同寶寶產品的地方，這裡的「國」指的是「中國」，是中國挹注資金經營、專門賣大陸貨的地方。一走進國貨公司，立刻會有種時光倒退幾十年的錯覺，陳設老舊，服務人員不見蹤影，架上擺著你可以合理懷疑根本賣不出去的東西，包括「中國德育故事」的一大排ＤＶＤ，可以見得國貨公司的背景雄厚，否則如何在香港這種競爭激烈的環境中屹立不搖？此外，三樓還賣了很多台灣和香港他處買不到的奇貨、未來考古學之珍品，比如上面寫著「中國台灣問題備忘錄」雙ＤＶＤ，上輯是「統一」、下輯是「和平」特輯，還有「連戰大陸行：反分裂國共兩黨世紀握手」。

是的，我也曾到銅鑼灣的鵝頸橋看阿婆「打小人」，任何人讀了蔡珠兒的《雲吞城市》，很難不動念去瞧一眼打小人的勝景。我去看阿婆打小人的第一天，犯小人的苦主不多，只有一位，我路過的時候阿婆正在撒米讓小人魂飛魄散，但是另外一名顧很多張小板凳的阿婆卻門可羅雀，她無聊得打起瞌睡，板凳前專門幫阿婆打小人的那些菩薩此時可能就開小差去了吧。

我一時間想不出身邊有什麼小人需要好好打一打，看了「打小人」之後，還是要逛菜市，鵝頸橋旁正好有個氣氛與銅鑼灣購物中心周遭環境有點脫節的街市，屠夫在路邊剁豬腳、魚鱗從魚販手中噴飛的同時，一條街外潮水般的雅痞則踩著高跟尖頭鞋、穿著不對襯剪裁的高級上衣在冷氣放送的店家裡購買精品。在這樣的街市深處，才有賣菜市場的紅色燈罩（這燈點亮了全香港的菜市，但沒有門道平常還真不好找），一盞盛惠28蚊，我興沖沖買了當紀念品。

有一次，華仔在網路上用賤價向人買了一張二手小桌，約好要去領取，我與她先歎茶，絲襪奶茶這種飲品一流過血管，小女子也能產生力拔山兮氣蓋世的錯覺，我們遂精神百倍踏著暮色於中環的山坡路間爬上爬下，最後來到山底的永樂街，這一帶都是中藥鋪，招牌上到處都可以見到人參和燕窩標誌，讓人有種被燕子口水和藥根淹沒之感。賣桌子的人家剛好就在以賣線衫和羊毛衫著名的高級老牌「利工民」（一九二三年創立）隔壁，這個牌子精心選擇了「鹿」、「秋蟬」和「珊瑚」來區隔商品，鐵門上手繪了一頭優雅的鹿，以及一隻叫起來應該能響徹中環的巨蟬，旁邊寫了廣告詞：著秋蟬羊毛內衣，成身暖晒。我不太明白為什麼羊毛衫要以「秋蟬」來代表，莫非如〈秋蟬〉這首歌所述，它要提醒你，是「把春水叫寒，把綠葉催黃」的時節啦？

扛著IKEA白色桌子坐地鐵回府途中，我與華仔搬著桌子在人群中歪歪斜斜走路，時不時就必須停下歇息，後來乾脆合作拍攝了一系列的街拍照，找車廂與走道人潮最洶湧的地方停下來，在桌子上仰躺翹腿擺姿拍照，在行走速度飛快的香港，這樣的停格自然是有點欠扁，但這種衝突也讓人省思。我玩笑地把這系列攝影命名為「全球化城市中女性自主、疏離與社會融合：香港地鐵篇，編號81」，建議可以放大收進現代藝術館永久館藏，這可是非常珍貴的文史見證——因為幾年後這種行為也被明文禁止了。根據報導，近年香港音樂系學生帶著大提琴盒入港鐵，卻受挫於「防止滋擾乘客、行李不可長於一百三十公分」禁令被提出鬧，在輿論聲中，華仔也開始擔憂港人公共空間創作可能性越來越少的問題。

《3D肉蒲團之極樂寶劍》上映那時節，我與華仔特地上電影院戴著3D眼鏡慶祝香港情色片的文藝復興；電影不負3D的美意，裡面的纖纖玉手（以及其他很多東西）都極盡所能地要伸出銀幕，摸你的眼球。這樣豔麗的體驗，讓我想起台北孔廟曾經一度播放孔子的4D電影，劇院座椅附有震動馬達與乾冰，觀眾可以隨著劇情體驗周遊列國的顛簸、春秋時期的風與霧，激動處甚至會有鞭子從椅子底下伸出瘋狂抽打你的腳……故事雖然短，但是魯定公臨老入花叢、整天泡妞的劇情完全沒有省略，孔子變身布袋戲公仔像史豔文一樣搖頭說閩南語，還用白話文說出「我們既不是犀牛又不是老虎，為什麼還困在曠野之中」這種台詞（引自《詩經》：匪兕匪虎，率彼曠野），簡直讓人以為欣賞的是某種後現代的紐約 Off-Off-Broadway 秀。作為兩岸三地的情色片前哨站，香港前衛的資質只有更強，或許將是最快能推出4D肉蒲團的城市吧。

我第一次前往深水埗也是與華仔同去，這一區有點台北後火車站的風味，與捷運站平行的幾條大路各有主題，但是都相當一致地散發出濃濃的宅氣，宅到最高點的人來這裡肯定會覺得有種置身世外桃源之感，因為這裡以賣電腦與電器用品（尤以鴨寮街為甚，是以此街又稱「男人街」）、舊貨（香港話叫「夜涼」）、舊書（包括香港話裡面所謂的「老鹹書」，也就是台灣話裡的「骨董A書」）、縫紉製衣以及五金等雜貨為勝。此地也是香港養老院最密集之處，許鞍華的《桃姐》一劇即取鏡於此，因而深水埗街上有許多小販拍賣丁字褲，也有許多拍賣老婆婆的衣服，攤子衣架上一律是淡紫、淡灰上撒滿小碎花的布料，不同於台灣歐巴桑喜愛的深紫瘀青豬肝紅。人老了衣服符碼就會紛紛降落在某個通俗狹窄的色塊和設計上，或許也是一種與社會的妥協，個人意志的衰弱。

在香港，就算大門不出、二門不邁的宅神也不能免俗拜過黃大仙，我卻在造訪香港多次之後才前往造訪這個聲名遠播的場所，去了之後發現它是不折不扣的主題樂園，根據在地人描述，黃大仙廟幾年前不是這個樣子的，就像台灣人提到九份都要慌忙搖手說早年不是這樣子的。總之我所見到的黃大仙主題樂園整齊又乾淨，梁柱都翻新得像昨天才剛上漆一樣，樂高般的主廟前還規畫出有欄杆圍起的「求籤」區，廟前給香客插香的香爐綿延如萬里長城，可見得香客絡繹不絕，廟內周邊並附設工商服務解籤區，門口逗留的賣香阿公阿婆翩翩飛舞，兌換外幣的專門櫃台設置在顯而易見之處，深怕訪客無法即時用港幣貢獻香油錢，再往外走些，是一整列的算命專區，只差沒賣祈願保險這一項目——假使求神問卜卻心想事不成就能領取心碎保險金，其服務就更完備了。

去黃大仙那次是過境香港，滯留的最後一日，我在九龍城吃了一碗香濃的熱豆花，撿了一朵巨大的木棉花，花的顏色就像豆花上撒的紅糖。坐上往港島方向的公車時，暮色四合，我坐在巴士上層望著窗底下香港流離的燈火與人影，不知不覺昏睡過去。經過維多利亞港時，彷彿受到夕陽的召喚，我突然睜眼，瞥見港口的夕陽在藕色的天際漸隱，匆匆拿出相機拍攝，捕捉到種種香港行中最喜歡的其中一張照片。那暈染開的橙色光芒是如此寧靜動人，有種讓人安心的情調，像黑夜前甜甜的序曲。

隔日趕搭長程飛機，凌晨我在鬧鐘響前一分鐘就醒了。

我以為將在清晨往機場的大巴上睡到不省人事，在多日愉快的晃蕩後，我的身體應該是很累很累了，卻意外地一點睡意也沒有，反而有點感傷，可能是在心思澄澈中意識到一段旅程的結束，而當時，我也正要啟程，親手結束一段珍貴的感情。套一位詩人的話說：「萬事結束難」。

新墨西哥：孤星酒吧

熱鬧的孤單酒吧　在血色的夕陽裡剛醒來
彈子台上的白球　用槍響砰砰砰將醉漢打擊入袋
那些負傷的鳥兒　從容降落在回憶的枯枝上
聒噪地討論　寂寞的去向
這裡屬於誰也不是　那些淚水迸裂成雪色的結晶
而那些甜蜜的歡笑　灑成一地嬌豔的紅土
而那盛情的天藍　捧著孤單酒吧的熱鬧
光芒四射地褪下陌生人的生分　在微醺裡
對著迷幻的人生唱歌[2]

2 〈新墨西哥〉，詩作發表於二〇〇九年九月《創世紀》詩雜誌。

出發之前

新墨西哥（New Mexico）有一種難以形容的野性，它的風景和它的人，全然不可預測，連雲朵的形狀，也好像特別的畸零。

如果閃著藝術光輝的聖塔菲（Santa Fe）小鎮是新墨西哥私藏的高檔禮服，那麼其他難以計數、諸如佩科斯（Pecos）那樣間或散發著賤價酒氣的小鎮，就是新州踢得滿地、不成雙也不成對的隨便藍白拖鞋。

新墨西哥的特異之處，不能以歐姬芙（Georgia O'Keeffe）的顏色以道盡，它連名字都是借來的，是豪奪而來的註記。暴富與赤貧，骯髒與絕美、高山白雪與荒原沙漠，境內與境外的美國人，全部好整以暇地席地而坐，變成紛亂得自成一格的風景。

一九九九年，有名年輕人決定放棄律師一職，改當老師，跨行之前，他獨自開車環遊美國九週，這九週裡面，他在新墨西哥一個不起眼的小鎮佩科斯靠著陌生人的好心腸，足足晃蕩了近兩周，遇到了許多熱情的好人和浪子，蒐集了許多不可多得的故事，他離開之後，這些人就像沙漠裡的風滾草一樣散了，可是他們的故事還用另外一種形式固執地活著。這個年輕人後來變成了我的情人，當時的旅伴，代號阿多。二〇〇八年的二月是我第一次到新墨西哥，是阿多的第二次，所以嚴格來說，我是因為新鮮而來，而他是因為懷舊而來。

當年阿多在佩科斯下榻的地方是家原本是酒吧，後來變成二手便宜商店的小木屋，留著彈孔的小木屋上頭還寫著 Lone ☆ Bar 兩個字（應該說是三個字，中間是「星」），阿多就睡在裡面的沙發上。

孤星酒吧早已不賣酒，可是孤星酒吧的確蒐集了許多的 loners 和酒鬼。當年招待阿多的，是二手便宜商店的老闆娘黛安娜，這位留著一頭蓬鬆金髮的六十歲女人餘韻猶存，天曉得她是為什麼來到佩科斯的，大家隱約知道她有過幾個孩子，曾經住過德州和紐約，好像是紐約長大的，又好像不是。總之，等到她搬到佩科斯之後，她搖身一變又是鎮上男人們手心裡的寶，總是笑得很開懷，很陽光。

經常在孤星酒吧那兒晃的主要有幾個人，一個是有西班牙名的黑素斯（同英文的耶穌 Jesus），一個是藝術家賴瑞，一個是一直幻想中國人會占領佩科斯峽谷的老兵路易斯，還有一個後來和黛安娜結婚的印地安人。旅伴造訪的那幾天，還有另外一個造訪黛安娜的客人，叫做派蒂，她是個熱愛上帝和大麻的祖母級人物。

阿多離開佩科斯之後，最後遇到了我；派蒂在阿多離開之後，也自己回了家；黛安娜又遷徙了好幾次，中間到過紐約住了兩年，有志參加「決戰時尚伸展台」（Project

Runaway）節目，其後搬往丹佛，聽說再之後又搬了，我忘了搬去哪裡；黑素斯有天喝酒喝太多，在田野裡睡著，就這麼給凍死了，天亮了才被人發現；賴瑞酗酒過多潦倒而死；路易斯後來和一個剛出獄的殺人犯芮妮交往，之後芮妮在他身上開了十七槍，當然也是死了，目前躺在聖塔菲的官兵公墓裡；至於後來跟黛安娜結婚的印地安人，有一天早上和黛安娜說他要出門，從此就沒有再回家。

在旅行的路上，我經常覺得這個地方散發著私奔或亡命天涯者的決絕氣氛，如果有人要逃到天涯海角，這就是了。就像是沙漠擁有一種絕境式的死亡生態，這裡有一部分的人生也有分崩離析，宛如枯骨般的面向；另外一部分的人生則是開在沙漠裡的花。我和阿多還沒有走到私奔或者亡命天涯的地步，我們在二月一起來到新墨西哥，苦苦追尋那一點難以描繪的沙漠風景，卻怎麼也說不清。

第一天：幻夢

Well, they say that Santa Fe is less than ninety miles away,
And I got time to roll a number and rent a car.
Oh, Albuquerque.

I've been flyin' down the road,
And I've been starvin' to be alone,
And independent from the scene that I've known.
Albuquerque.
So I'll stop when I can,
Find some fried eggs and country ham.
I'll find somewhere where they don't care who I am.
Oh, Albuquerque, Albuquerque.

—— Neil Young, "Albuquerque"

抵達新墨西哥的時候，已經是下午兩點，紐約那邊已經是四點，等到我們開上公路前往聖塔菲的時候，斜陽在新墨西哥製造的影子已經拉得老長，我們的車輪每多滾一圈，傍晚就迫近一些。二十五號公路上的速限是七十五，這已經是美國境內合法飆車最寬厚的尺度。

我們沒有沿著二十五號公路直線北上，而是在尼爾．楊（Neil Young）震耳欲聾的〈阿布奎基〉（Albuquerque）歌聲中，找了一條也可以通往聖塔菲的旁門左道開過去，聽說，旁門左道的風景比正道還要好看。

此時路邊的山丘上覆著一層薄雪，夕陽下，短小如球的矮樹叢在白雪上投射出淡紫羅蘭色的修長樹影，樹影修長得可以跨過整個山崗，好像撐到極限的幻夢。

走的岔路走到一半就走不下去了，這裡海拔比較高，有些山路到了冬天就封了，我們看到一個警告標誌，上面寫：危險，若強行進入，後果自行負責。

只好方向盤一打，又回到正途。路上經過了一座小型墳場，在玫瑰色的夕陽下，這個死亡禁地似乎打了柔焦，不能說淒涼，只能說是絕美。阿多想下車拍照，我跟著下去，對面路旁某戶人家的幾隻狗對著我們不懷好意的吠著，後來我才發現，新墨西哥的異色風景裡面，除了數不清的流浪拖車（trailer）、廢車蒐集場和土色建築以外，永遠都有幾隻看起來、叫起來特別野的狗。

拍攝一個躺在頹陽中、鮮黃色的別致塑膠奠儀小花圈時，我的靴子沾上因雪水而濕軟的紅土，這裡滿地的紅土非常的固執，只要一沾上鞋子，乾了就膠著在鞋面上變成一個尷尬而難以甩脫的印子。新墨西哥有很多這種紅土色澤、屋角圓滑的房子，原本是印地安人部落的土窯，後來變成了聖塔菲一帶的建築風，堅固的房子大概是用特別倔強的土堆成的吧。

剛到聖塔菲，僅有的一點日光已經完全退幕，一枚細緻的月牙魚鉤般掛在天上，入夜的氣溫急遽下降，凍得非常刺人。

第二天：Lone ☆ Bar

聖塔菲有名的峽谷路（Canyon Road）塞滿了無數躲在紅土造型建築內的藝廊，看起來，這些藝廊和昨夜我在市中心隔著櫥窗看到的那些藝廊並沒有太多的不同，也許價格又更貴一些，而我昨夜在櫥窗裡看到的一只大型琉璃碗要價就是四千美元，至於隨便一幅大如茶几般的畫作，功夫到了，卻沒有什麼特別的靈性，還不到讓人驚豔的那種程度，將近兩萬美金。一個富人也許看不起不夠昂貴的藝術，而一個藝術家也許不能承受讓人看不起，活在歐姬芙陰影裡的聖塔菲城，造就了一條看起來很隨興，卻難以親近的峽谷路。我在早晨的劇寒中用相機捕捉了一些建築的代表性顏色和沒有稜角的房子，沒有在這裡逗留太久，便暫時離開聖塔菲，開往城外一個小時之遙的格洛列塔（Glorieta）小鎮。

格洛列塔是聖塔菲與佩科斯中間的一個中繼站，連貫這三個城鎮的公路，當年是拓荒者與淘金客熙來攘往的歷史途徑。阿多想去格洛列塔造訪山屋藝廊（Mountain House Gallery），因為藝廊主人哈伯・米勒是佩科斯藝術家賴瑞的好朋友，賴瑞有許多作品在

LONE BAR

哈伯的藝廊裡寄賣，九年前，阿多、哈伯還有賴瑞曾經在一起消磨過一個短暫的下午。記憶荒煙蔓草，我們問了當地的郵局，然後又來來回回輾過幾個不同的車道，才找到那個入口隱密的藝廊，迎接我們的，又是好幾條叫得聲嘶力竭的狗。

哈伯顯然已經不記得那個和阿多與賴瑞共度的午後，唯一能夠打開共通話題的，僅有賴瑞這個人。阿多問起賴瑞的事，哈伯說，他早就死啦，酗酒過度死的，晚年的時候窮到斷水斷電，身上永遠穿著一套像是手術服那般慘綠色的睡衣，最後醉到病了，只剩下皮包骨。可惜了他是這麼好的一個藝術家，哈伯說。

阿多問，那他的作品賣得如何呢？哈伯回道，他是有賣出一些，可是不多，接著他又說，他的作品太好，不能博得一般大眾的喜愛，要是真的有識眼的伯樂，像賴瑞這樣的作品，應該會被全部買下蒐藏吧。接著他相當直率地表示，要能輕易就能獲得一般大眾普遍愛戴的作品，我還肯定覺得這些作品鐵定有什麼問題。也許狂人和天才都是凡人眼中不屑一顧的瘋子吧。

擺在哈伯藝廊裡僅剩的賴瑞作品都相當得好，我不曉得怎麼去形容那種好，只是覺得他死得太早。我和阿多驚訝像賴瑞這樣生活散亂的藝術家，做出來的作品竟如此的精確而有條不紊。哈伯淡然表示，藝術家和藝術品之間，經常是相對的，你看，許多生活井井有條的藝術家，他們的作品反而亂到了極點，而在現實生活裡面失衡的人，反而能造就最完美的藝術。

和哈伯的對話生動有趣，我幾乎也以為他也是一個瘋人——也許他真的是。阿多提到路易斯悲劇性的死亡，哈伯聳聳肩說，啊，沒什麼，這種事在這裡太常見了，殺人案多到我都記不清了呢，在這裡，要解決問題很簡單，就是把你幹掉而已，沒什麼，就是這麼簡單。

哈伯原本是建築師，巴拿馬出生，住過維也納、德州和西雅圖，所以會說西班牙文、德文和英文，最後落腳於新墨西哥，專心搞藝術。他的藝廊總共辦過九名藝術家的個展，而他自己就扮演了其中三位藝術家的角色，等於說，他不但是哈伯，同時有兩個分身：潔西卡以及比利．巴柏，所以他創作出來的作品是人格分裂的，每個分身都有特定的風格與主題，他還替潔西卡以及比利．巴柏捏造了「虛擬」背景和私人信件，當然他談起潔西卡和比利．巴柏的時候，都好像他們真的存在著那樣。他偷偷地表示，啊，我有這三個分身，我還不曉得哪一個才是真正的我呢。而這還不是哈伯最瘋狂的行徑。

哈伯的藝廊裡除了藝術品，還有兩張寬大的工作台，上面擺滿數不清的建築藍圖。他的建築師背景，讓他早期的創作走向嚴謹的寫實風，他目前在藝廊裡面僅存的兩張早期作品，看起來幾乎和兩張攝影作品並無不同，那畫裡陽光的深淺、陰影的長短，每個細節和角度都毫不出錯。一個學術訓練出身的建築師和一名天馬行空的寫意畫家，這兩種身分也許有重疊的地方，但本質上是互相背叛的——建築需要精密的計算和訓練，而藝術需要一種直覺和天分。後來哈伯的作品走向抽象與實驗風格，的確釋放了他狂野柔軟的那一面，跌出了尺規畫出的稜角，可是他不能不在下意識內回溯到建築這個本行。

二〇〇一年，紐約世貿大樓崩毀，身為死忠曼哈頓迷的哈伯，挾帶著憤怒與熱忱，開始打造一系列的世貿重建藍圖，他曾試圖將他設計的第一階段藍圖投稿至紐約市相關單位，卻輾轉痛苦地體認到自己抵不過龐大的政治與官僚勢力，這些藍圖永遠不可能實現。這一頓悟，往後七年，他索性把自己最瘋狂、也許也最不能實現的曼哈頓想像全部繪成曼哈頓建築／都市計畫藍圖。這些藍圖配合著他心態上的改變，又經歷了八次的變形，九個階段的作品高達數百幅。

這排山倒海質量驚人的狂想，成績相當讓人震撼。

第二階段後的早期作品是極度暴力的，哈伯想像了一個具有超強武力防備機制的曼哈頓，專門對付「可怕的敵人」。翻開這個階段裡的作品，摩天樓頂樓可以激射出雷射武器，敵軍在曼哈頓上空被炸成一團團的火球，曼哈頓的哈德森河面因此反射出刺眼的反光。中期的作品則充滿挑戰的意味，哈伯在Empire State Building（帝國大廈）旁蓋了一棟想像的Empire "Nation" Building，它比帝國大廈更高，更霸氣。倒數幾個階段，哈伯的怒氣消散，他把曼哈頓「整個剷平」，想像出一個全新的曼哈頓風景，並在最後想像出曼哈頓百年後的超時空風景。

我們兩個從曼哈頓來的人，這一天下午，卻在哈伯藝廊裡顛倒看到了一個我們想像不到的另類曼哈頓，他對自己還有對這個城市的熱忱讓人嘆為觀止，我不能不對他的瘋狂產生由衷的敬意。我在紐約下城的 Ground Zero 也許還不能體驗到九一一對美國人所造成的心理衝擊，在遙遠的新墨西哥竟然體驗到了。

向晚，我們離開哈伯的藝廊，開車到佩科斯。往日的 Lone ☆ Bar 看板還在，但顯然已經變成了私人土地，光禿禿的院子外架了一圈拒人於千里之外的鐵絲網，院內停了一台檸檬黃的老爺車。我們不敢貿然下車拍照，只搖下車窗遠觀，兀自想像這不甚親切的屋子裡隨時會衝出一個拿著來福槍的駝背屋主，搖搖晃晃走到門口，咯噠，把槍上膛，指著我們的腦門要人滾。

下午的佩科斯幾乎沒有人煙，顯得格外的窄小，阿多來來回回在孤星酒吧前那條街上開了幾趟，撞不到什麼新鮮事。

這個小鎮在這一天下午，變成了許多故事的晚年，顯得如此的蒼老，路易斯自己蓋的木屋還在，賴瑞的老家也還在，風景依舊，人事已非。

夕照中，回到了聖塔菲。

更晚些，阿多輾轉終於聯絡到黛安娜（她大概要躲避這輩子和她糾纏不清的男人，換了不少電話），她的笑聲依舊爽朗，電話裡，她回憶起佩科斯，說鎮上的人百分之六十都是醉漢，而週末的時候，醉漢比例又要再飆漲兩成，另外還補充道，啊，是啊，佩科斯那群人，都有意思得很，只是你走了以後，幾乎一個個都死了呢。

第三天：歐姬芙

陽光耀眼地灑在聖塔菲的中心。此時，鎮上廣場邊的走廊下，有群印地安人沿著牆壁坐著，自製手工藝品與首飾擺在地上，泡在冬日陽光裡，不吆喝也不拉扯，恬靜地等著客人。

聖塔菲和歐姬芙，已經變成新墨西哥的雙子星，她皈依了聖塔菲，最後卻收服了聖塔菲。她自己和人們都說，新墨西哥是「她的」疆土，並不誇張，也沒有辜負新墨西哥身為彩色之州（The Colorful State）的名聲。

認識歐姬芙的人多少明白，她對學術訓練感到不耐煩，她有一種不能服從的強悍，認為「學術讓人創作出像別人一樣的作品」，堅持要創作「她的」藝術。在眾人還不能理解她的時候，她說，她感覺自己「就像走在刀刃上，隨時能倒下」，可是她也瀟灑地說，「但是那又如何？至少我滿足了我自己」。

歐姬芙那鋒芒萬丈的明星氣質，有點張愛玲，人和作品都有種高處不勝寒的傲氣。然而，我雖然敬佩歐姬芙，卻不是她的畫迷。她的作品總是有一大片一大片的灰色地帶，加了大量的白色顏料，無論主題再怎麼色彩斑斕，她總是攪和大量的白色或灰色，無論最後的作品如何鮮豔大膽，那些清冷的白色總是像鬼一樣，露出一股擾人的寒氣。我也一直不甚喜歡雷諾瓦的作品，原因剛好相反，雷諾瓦作品看起來似乎非常陽光普照，可是他總是攪和大量瘀青一樣的藍黑色，在我看來，有種受傷似的陰險與濁感。

後來在旅途上，多次看到夕陽從山後隱去，當瑰麗的天色中總是微微滲透出清澈的白光，我總會想到歐姬芙的畫，想她作畫的心情，是不是類似於這些入夜前短暫的光影。

下午，在開車往北的路上，我們經過聖塔菲的官兵公墓，找到永眠於此的路易斯。

路易斯的墓碑上透露：他曾經參與過越戰，家有兄長，並有家後。阿多沒有聽過太多有關他家人的事，但是路易斯曾經為了買酒，把兩個哥哥留給他的戒指賣給阿多，聽說他的兩個哥哥都死了，一個是醉死的，一個是被殺死的，後來他也死於槍下，這戒指簡直被詛咒了。阿多曾經問他，怎麼願意把哥哥的戒指隨便賣給陌生人，醉得睜不開眼的路易斯手一揮，說道，我什麼都可以賣，連老娘都可以！

聖塔菲北方的公路上，沿途都有印地安保留區，也因此沿途都有賭場。這些地方都是美國境內的異域，在這裡的印地安人，不必遵循州法，所以他們自己立法，在這些小小的領土裡，將賭博合法化。這些小型的賭場，在公路上沿路架設了巨型的廣告看板，變成沙漠裡奇特的風景。這是個非常飢渴的地方，經過賭場的時候，我禁不住想像銅板像雨水一樣嘩嘩落下，滋潤原住民經濟枯竭的土壤。

第四天：真相

經過一座名為 Truth or Consequences 的小鎮，不曉得這個小鎮是否隱藏了什麼真相，但是我們的確找到一家相當神氣活現的老漢堡老店，店內牆上掛了一顆鹿頭，還有無數雜七雜八的西部牛仔配件裝飾，櫃台旁貼了一張恐嚇字條：

「沒人管教的小孩，直接賣掉當奴隸。」

吃完好吃的漢堡，沒有看到被賣掉的小孩，只好繼續趕路。新墨西哥的公路上有許多的流浪拖車，偶爾還會看到卡車拖著幾個預先蓋好的空屋（prefabricated house），飛揚的窗簾後隱隱可以看見廚房，全部咻咻奔往家的地方。這些流浪拖車和預售空屋的概念都和「安穩的家」這樣的概念背道而馳，蓋好的家可以到處跑，隨興所至，一台卡車馬上可以把家拖離原地，廁所客廳連屋頂統統打包帶走。不過，流浪聽起來再怎麼浪漫，這些人家的貧窮大概是距離浪漫最遙遠的地方。等到他們真的有錢了，大概也不想這麼流浪吧？也許，蓋一座搬不走的游泳池，就是變成沙漠區美國小資階級的第一步。

傍晚抵達新墨西哥南方的白沙公園，剛好趕上夕陽。這個地方美得真聖潔，夕陽中，潔白的沙漠看起來和雪地一樣，散發淡藍的光。

當晚於附近的小鎮阿拉莫戈多（Alamogordo）過夜，這裡靠近美墨邊境，並且設有大型監獄，路上有牌子警告駕駛，此地為高度警戒區，請勿任意讓人搭便車。

小鎮的主要道路上，最熱鬧的地方，不外乎是一家又一家的連鎖店，還有無數巨大的廣告看板，此外一無所有，如此的熱鬧，又如此的空乏，如同美國大多數的地方。上了一家中國餐館吃飯，老闆娘是從紐約中國城法拉盛（Flushing）搬來的，不曉得她如何調適這兩個地方的高反差，新墨西哥的孤獨是比鄉愁感覺更遠的。餐廳裡放著中國歌手唱的流行音樂，歌手扯著專業的嗓子，高亢地唱著情歌，可是卻把愛啊情啊這些柔軟的東西，唱成了一場用力過頭的低劣遊戲。

新墨西哥的小鎮大多相距遙遠，所以入夜之後，開車經常需要開上好長一段四周漆黑的無人路段，久久才能在路的另一端看見一個小鎮，以稀微的燈光證明它的文明。那些細碎的燈火聚合起來，遠遠看，彷彿一個遙遠的銀河系。

第五天：三位一體

七點之前重回白沙公園，把昨天沒有走完的路走完。

一大早，此地杳無人煙，藍天下雪白的沙丘和昨天夕照下的風景有著兩樣的風情。沙漠裡的動物為了避免酷曬，多半為夜行性動物，因此光天化日之下，除了人類以外，看不見其他有心跳的動物，不過沙丘上倒是偶爾可以發現一些行蹤成謎的動物腳印，斷斷續續、模模糊糊地散在不顯眼的地方，神祕而斷了半截的腳印，不曉得是代表腳印的主人半途鑽進地洞裡去了，還是半路就被吃了。

這天的風特別的狂烈，公路上有許多蹦蹦跳跳、急速穿越馬路的風滾草，這些大大小小隨著風朝著未知前進的草球，相當的宿命，風起了就上路，風停了就歇息，比流浪拖車還更流浪。大部分的風滾草都逍遙地隨著風向前滾去，大有紅塵滾滾到處是我家的氣勢，但是我也看到很多風滾草不幸滾到橋墩的梁柱中間，尷尬地擠不過去，命運停格。

我們的車子在風中撞上了一兩團風滾草，車前的夾縫硬是咬下了幾根帶著種子的草鬚，這命運的撞擊，把一部分的草又帶往了一個截然不同的方向。

此後我們經過了三川（Three Rivers）印地安遺跡，亦經過了當年美國在日本投下原子彈前，第一次在美國境內「試爆」核武的地點：三位一體核試場（Trinity Site）——這個殺人演習的地點，居然有這樣一個神性的名字。

傍晚，開車到一條完全不順路的岔路上，旅途已黃昏。就著繽紛的夕照，眺望超大天線陣（VLA, Very Large Array），這些天線陣看起來像什麼呢？就像尋常人家屋頂裝的大耳朵，但是這些「大」耳朵之大，大概是普通大耳朵的上百倍，誰都不能懷疑它們堅強的收訊能力，外星球要是互相耳語什麼驚人的祕密，這些巨無霸大耳鐵定不會聽漏，能夠得到最可靠的風聲。

尾聲

此後，扣掉那些不值得一書的瑣事，我又回到了紐約。更久以後，阿多與我的感情終究走上了歧路。

我從阿多那邊聽來太多有關於佩科斯那幫孤星成員放蕩不羈的故事，從前感到非來新墨西哥一趟不可，而真正來了，我必須說，新墨西哥的風景，確實有種墮落到了谷底又神聖到達天上的奇幻感，也讓那些人荒腔走板的故事，變得相當可信。

當我看到那些風滾草的時候，看到那些流浪拖車的時候，還有一些風味獨特的迥異情境時，不免想到佩科斯的那些人。聽說派蒂的老公就和那位離開黛安娜的印地安人一樣，有一天突然和派蒂說，我要離開囉，派蒂應了一聲說，好，那回來記得帶牛奶回來，他沉著地回覆，不，我是說，我要離開了，此後真的就「離開」了，被風吹到哪裡都不曉得。

新墨西哥的大半疆土都是乾旱的沙漠，我重複拿出來說，是因為我總自以為這裡的死亡和漂泊在人們眼中顯得如此無謂，在某種程度上也許和這裡的地理環境有所關聯。垮掉的一代認為人只要垮到極限、頹廢到極限，就愈能看透人生的道理，甚至造成一種社會革命。新墨西哥這裡的人分明已經達到一種沒有任何形容詞可以形容的「垮」，我卻不確定他們是否看透了人生，還是說，反正他們看不透的，都交給子彈去解決了。

聽說佩科斯有位殺人不眨眼的大哥有一天去酒吧，不曉得如何，憤而朝著牆壁扔出自己的手槍，沒想到這一著，手槍撞到了牆壁，居然彈出了子彈，而飛出來的子彈好巧不巧，拐個彎，射中了大哥的脊椎，從此半身不遂。有這麼巧又這麼廢的事情嗎？就是有，而且在新墨西哥，完全不奇怪。

風起的時候，沙丘上美麗的紋路輕輕地扭動，再也不相同了。

移動的饗宴：紐約紐約

輝煌的紐約夜生活，向來忠誠地反映當代的藝文脈動。從有費茲傑羅背書的爵士年代開始，一直到輝煌的龐克搖滾與迪斯可年代，這個城市最好的文學、藝術與音樂創作，甚至撐起一整個世代的文化潮流，都能在文人雅士與叛逆小子的派對中看見端倪。

隨著紐約地下搖滾聖地CBGB走入歷史，許多紐約客也湧起深刻的危機感：經典已成往事，21世紀的紐約還能出奇制勝嗎？

我所體驗的紐約，是「後朱利安尼[3]王朝」的紐約。

紐約的傳奇從來沒有停過，但是傳說中朱利安尼之前的紐約尤其荒唐，滿布惡之華——澎湃激烈，像野火，畫時代的才人與風潮焚過一個山頭又一個山頭，讓人目不暇給。不只一次，瑪丹娜在訪談中無意流露出對過往紐約的眷戀，現今紐約對她來說，太不夠勁。

相信我，紐約的趣味與乖張，就算是在朱利安尼整肅與瑪丹娜當媽之後，還是要站在世界的前端，可是我可以理解瑪丹娜的惆悵——二十世紀下半場的紐約，燦爛耀眼，她的青春和眾多普普藝術家交叉平行，不斷挑戰世人對藝術忍受的限度，可是除了她，這些朋友都在九〇年代前相繼辭世。二十世紀末，「垮掉的一代」最後幾個代表性人物也紛紛趕在九〇年代撒手人寰，彷彿再也看不下去朱利安尼的道德勸說。繼垮掉的一代後崛起的嬉皮們則垂垂老矣，凋謝成明日黃花。

朱利安尼的鐵腕政策，帶來了一個更趨近「正常」與「安居樂業」等普世標準的紐約——流浪漢銳減；中央公園近乎安詳純潔；曾經落魄混亂的格林威治和上西區一律成功晉級成富有的小資階級；車子停在下城或十字路口，幾乎沒有必然被搶的疑慮；夜歸的人們更從容了；時代廣場從早期「兒童不宜」的場所，變成了光鮮亮麗宛如兒童遊樂園的遊客集散地。一個又一個曾經「很亂」的地方紛紛改頭換面，朱利安尼時期大量招聘的警察連夜巡邏，你要是不出門，或者還在用過去的紐約來想像現在的紐約，不會知道紐約是如何在新世紀之前，迅速改裝成了安分守己的良家婦女。

朱利安尼以前的紐約，驚世駭俗，滿地都是傳奇。不說當年雀兒喜旅館的眾星雲

3 朱利安尼為紐約二十世紀末(1994-2001)的市長，以整治紐約的強悍風格知名。

集，不說當年知名同志澡堂與夜總會的風華絕代，也不說當年時代廣場的光怪陸離，單單是紐約惡名昭彰的 Tunnel 舞廳（千禧年後迅即結束營業）和依舊讓人津津樂道的迪斯可 Studio 54（九〇年代正式走入歷史），那樣公然囂張、墮落、放浪卻又讓人趨之若鶩的規格，今天的紐約是再也看不到了。

那麼，在政府的監視之下，九〇年代之後，彷彿妖姬從良後的假性溫順紐約，還留給我們什麼樣歷史性的集體回憶？舞台下，人們分頭在紐約裡聆聽更多元與國際化的音樂、參與更五花八門的盛事，我們的精神與肉體感官還是因紐約所提供的生活而悸動著，可是我們個人的活動，似乎和整個大社會一聲吆喝之下，群起效之的巨大風潮從此分道揚鑣。

喜歡刺激的老紐約對現在宛如迪士尼的時代廣場不敢恭維，對他們來說，那樣的紐約太「安全」，太溫馨也太中產階級。儘管紐約的文藝競技場依然嚴峻，但我能明白他們的疑慮，畢竟紐約向來狂野無懼，催生出許多前衛的藝術悍將。然而，極度出格的垮掉的一代凋零已久，當年雀爾喜飯店內落魄但才華洋溢的孩子們早各擁山頭，大家都在觀望，接下來還有什麼畫時代的文化盛世在等著我們。

九〇年代入夜後，從來沒有一家夜店可以取代 Studio 54 的星光萬丈，然而過去那種可以創造出一整片銀河般的群眾力量已經不再，就好像我們可能不會有像披頭四這樣衝擊全世界的樂團。在這個崇拜個人主義的新世代，我們只能有各自閃閃發光的行星，快樂地獨自運轉。

此時紐約的夜晚，有組織的朝聖活動，大概就只剩下像 Rubulad 這樣極端低調、不為公眾所知的派對，或者像吉普賽人一樣沒有固定地點、不斷變形的 Dances of Vice 扮裝舞會了。二十世紀末，紐約邊陲開始出現自立更生的 Rubulad 等次文化派對團體，一年只舉辦零星幾回，每次都在派對發生之前一兩天才公布消息，宣傳方式也很隱晦，只有訂閱紐約地方電子報、或者看見布魯克林少數定點公告的人才知道，網路上可以找到的相關消息也離奇的稀少，舉辦的場所在布魯克林的一座巨大廠房裡，內置數座舞台，專門提供名不見經傳、古怪卻非常有舞台魅力的表者徹夜演出，曲風多元，空間與裝置混亂如萬花筒。隨後，二〇〇七年創立的 Dances of Vice 引爆了更多神出鬼沒的地下派對組織——這波「另類主流」不再拘泥於固定的舞廳、時間與主題，不定時、不定點在城市各處流動。對他們來說，每一次的盛大出場都是主題之夜，每一位參與者都是主角，無法預測的派對時間和地點一律網路公告，是真真正正「移動的饗宴」。

過去，紐約的派對往往和少數知名俱樂部和名人緊密連結，紐約客大概不會忘記驚世駭俗的派對野獸 Club Kids 如何在各式派對獨領風騷，搖滾小子如何在東村的 CBGB 創造神話，安迪・沃荷（Andy Warhol）、瑪丹娜與凱斯・哈林（Keith Haring）等輩又如何在指標性的夜店相濡以沫、蓄積能量。

但這一切都過去了。

網路世代崛起後，新生代的交流與發表模式產生劇變，紐約恐怕步入了真正「去中心」的「後現代」，人人都可以是大明星。二十一世紀的紐約偏好創造屬於自己的「成名的十五分鐘」。文化的傳播，不再是「由上而下」、由文化明星和名店主導的遊戲，漸漸變成路人也能發光的有機共榮圈。

這或許便是網路許諾給我們的新世界。在這個世界裡，沒有人是孤島，毋需馬首是瞻，只要有心，隨時隨地都是舞台。

後現代的紐約，再也沒有眾人之上、登高一呼的舞廳。像 Rubulad 和 Dances of Vice 這樣飄忽難以預測的派對，即將變成這個世代根深的記憶。它們沒有路邊的霓虹燈招牌，但正因為如此，那些在暗夜中尋線報前來，把派對玩得酣暢淋漓的陌生人，才更能為共享這個祕密，而產生了一種奇特的共同感。

啊，這個世代的紐約，連有組織的朝聖活動，也只能這樣小眾，彷彿偷情。

來自哈林的一封信

在曼哈頓的哈林區，中午去郵局寄信，路上某個路人向我問好。郵局旁邊有三個教堂比鄰而居，每一棟都美得不得了，陽光恰好灑在某間教堂頂的草綠色十字架上，那畫面簡直聖潔到可以飄出聖樂。寄完信我去路邊一個類似於台灣夜市裡面才有的全方位雜貨店買菜瓜布，離開時聽到路邊攤正播放 James Brown 的音樂。

很久很久以前，聽說朋友計畫去看老詹的演唱會，結果老詹不夠義氣，演唱會開始前幾天就突然死了，朋友有點哀怨——難道老詹就不能等一等嗎？

時間再往前撥一點。我在電視上無意間看到老詹飛到倫敦參加音樂盛事領取終身成就獎，照樣勁歌熱舞（他太老了，所以現階段是後面的舞群幫他舞），嗆得不得了。但是死亡是沒有章法的，在那之後，老詹很快就步下了人生舞台。

紐約哈林區表達惋惜之意的方式並不局限於文字，在老詹向天國報到之後，哈林區的路邊攤很長一段時間都在販售老詹的紀念T恤，當然還有無限量的盜版老詹音樂光碟和卡帶，老詹的音樂在路邊響徹雲霄，任誰聽都想要學早期的老詹那樣瘋狂地扭動起來，許多人忍不住停下腳步翻動那一疊疊外表粉紅或蒼白的廉價光碟，大概是在想，如果剛好有些零錢，買回家用巨星亢奮的歌聲緬懷他的過去，大概也挺好的。

在哈林區效率不彰的郵局寄信，沿途風光濃縮了哈林的幾項巨大特色：路上行人敦親睦鄰喜歡和陌生人打招呼，許多不為人知的百年老建築極美，路邊攤不曉得為什麼還在繼續賣音樂卡帶，路上的店家以髮廊、廉價雜貨鋪居多。這個時候如果有兩個男女站在路上用丹田吵架，哈林區的畫面就差不多滿了。

這樣一個下午，人行道上許多小孩子在踢球，老人搬了椅子在路邊行道樹下乘涼閒話家常，路邊有許多賣亂七八糟雜貨的攤子，由於不是週末，所以132街角落那位拿著麥克風歌頌上帝的女人沒有出現，聊天的老人偶爾會隨意撒些穀子之類的小點在行道樹下，引得麻雀鴿子爭食。

原本就熙來攘往的125街一到夏季，更加熱鬧得像台灣夜市的遠親，各種意想不到的雜貨攤羅列成陣，非洲傳統香皂如山疊起，暱稱為「歐巴馬」或「麥可喬登」的彩色香精油散發出明星的光澤，有一款香水標籤上寫的名字是：Lick Me All Over（翻譯成台語是：舐我全身軀）。

週末的時候，和台灣便利商店一樣茂盛的哈林區教堂傳出歡暢淋漓的福音，上教堂的婦人穿著整齊的套裝。不遠處，從容散步的非洲新移民衣著鮮豔得像熱帶水果，立體的衣裙剪裁使女人顯得特別豐滿窈窕，女人的頭巾總是紮得好看。東哈林區經常飄著波多黎各的國旗，那邊是中南美洲新移民聚集地。

人們所親近的曼哈頓，也就是中央公園北邊以南的區域，大概不會有這樣的社區風光，更不會有小孩子在比下城更寬闊的人行道上玩足球，或者讓椅子隨便擺在人行道上閒聊。南邊的曼哈頓總是行色匆匆，人行道上的人總是急急地要前往某個目的地，哈林的人行道風光有些失序，人們看起來不一定要去哪裡，有種度假的神氣。

麥可傑克森過世之後，哈林區的阿波羅劇院聚集了來自各方的歌迷，劇院旁的鐵絲網上掛了一大片密密麻麻簽滿名字和懷弔字句的掛布，四十二年前的小麥可在這裡踏上娛樂的星光大道，從此無路可退，不知是喜是悲。

阿波羅戲院門口，這個似乎標記著歷史性與悲劇性的所在，連死亡也散發出娛樂營利的效果——周遭人行道上，至少十五個以上的攤販擺出麥可傑克森的種種周邊商品，音樂錄影帶、唱片和印有麥可各個時期大頭照的T恤、別針與磁鐵，彷彿蒼蠅一樣在阿波羅與麥可的光環邊縈繞不去。許多CD和錄影帶顯然是徹夜趕工出來的盜版商品，麥克這一輩子的成就，都大方地放在封面印刷粗劣的廉價塑膠盒裡了。紐約派出了一隊警

BREAKFAST
SOULFOOD

察特別在門口維護秩序，可是他們卻沒有出面禁止銷售違法商品的意思，全部面無表情地謹防可能的失序。那些攤販因此顯得有些過分愉快，他們吆喝著、在人們面前揮舞著麥可的剩餘價值。

與此同時，一台載滿來自他州的白人遊客雙層露天遊覽巴士停在阿波羅劇院對面，隔著一條大馬路，遠遠眺望阿波羅劇院，遊客們在高挑的位置上聽導遊張大嘴解說，他們帶著善體人意的表情，不時點頭表示理解與適當的哀戚。

麥可傑克森所代表的一切永遠褒貶參半，而這不全然是他一個人的問題。他也不是不曾向政治正確性靠攏，在 Black or White 音樂錄影帶裡面歌頌世界村的美好，突破黑白疆界的可能，樂觀的美善。然而這個世界畢竟不是一個天真的世界，家中的花園不應該有走動的長頸鹿，童年般永恆之樂園不過是個自欺欺人的想望，他謎一樣把自己變造成一個擁有女人臉龐的男人，擁有小孩靈魂的成年人，擁有白人膚色的黑人，而他似乎沒有辦法停止這異化的過程，好像他向前四十五度角傾斜的舞步，看起來像是要再往前傾斜一點，他人就要裂了。但是他沒有，在這充滿衝突與迷霧的世界，他完好地跳了一支遭人指指點點的舞，砸壞了許多玻璃，然後在半個世紀的一陣狂風中，像一頭黑豹般溜走。

文風行雲流水的黑人作家詹姆斯・鮑德溫（James Baldwin）在一九六〇年寫過一篇文章〈上城的第五大道：來自哈林的一封信〉（Fifth Avenue, Uptown: A Letter from Harlem），文中提及哈林區的 Buy Black 街頭會議，會議領導人要求居民停止和白人交易，以建立黑人獨立的經濟體系。將近五十年之後，類似的傳單仍舊在街頭悄悄地遞送著，但是誠如鮑德溫所言，因為「憎恨白人世界以及所有白人世界產物」而延伸出的這種想法根本行不通，過去不行，五十年後更不可能。可是這種事情還繼續著，意味著哈林／黑人與曼哈頓中下城／白人世界之間的鴻溝，依舊存在。

哈林區大概是整個曼哈頓地方最受曲解的區域，就像美國的黑人，也是美國從北到南最受曲解的人種（套句鮑德溫的話說，許多有為黑人青年的唯一罪惡，就是他們的膚色）——一個人在紐約熱鬧的格林威治區遭到槍殺，或許只會招來「人生無常」這樣的喟嘆，甚至某種神祕的幻想，但要是一個人在哈林遭到槍殺，那就是一翻兩瞪眼、惡劣的、社會敗壞的印證。這種微妙的區隔，就如同是在荷蘭抽著大麻的人多少讓人感覺有種西式的浪漫，在美國抽大麻是一種近乎無害的地下非法行為，但是在台灣抽大麻，那是需要出來開記者會哭的一件事。抽大麻這件事情如果是罪惡的，它不會因為發生的地點不同而產生不同的意義，可是它偏偏就會，這說明了先入為主的觀念，可以偷天換日。

若有人不經意露出對哈林或黑人的戒備之心或抵損之意，指出其他區域和其他種族或許也是同等危險的事實，也許是權宜之計。然而，就算有人拿出同等量白人世界的敗壞事蹟，來證明白人世界也有它的黑暗之處，還是不能洗刷黑人世界的哀愁。而要解釋這一點，需要非常長的時間。

哈林區的確經歷過從富裕的白人社會，徹底地衰敗成黑人聚居的貧民區的過程，或許很快就要變成新中產的布魯克林，但是無論它如何地在治安與居住環境上努力翻身，它仍舊脫離不了一種歷史社會的枷鎖。哈林區雖然佇立著許多舊日風光的華美建築，卻也聚集了同等多缺乏美感的低收入社會住宅，它必須遭遇到的問題和掙扎，不難想像。而這個地方性的悲劇性，正是黑雲罩頂的龐大歷史悲劇副產品。美國最近才第一次產生（半）黑人總統，在黑人喜悅的眼淚中，這個偏執的美國龐大悲劇性尚未有個快樂的結尾，現在的我甚至看不見它的終點。美國的主流階級花了三百年建立起來的「美國夢」和中產階級價值，他們需要在五十年內迎頭趕上，是這樣的壓力。

哈林雖然有它的無奈，但是它卻經常帶給我一種在曼哈頓島其他地方看不見的樂趣。只有在哈林，打電話叫計程車的時候，電話另一頭的哈林大嫂會左一句蜜糖，右一句蜜糖地叫你，儘管她並不認識你；路上的行人、公車上的過客隨時都可以和你打招呼或搭話兩三句；男子會在你經過他們的時候，很誇張地折腰、紳士般地說：快點請過。他們在路邊賣各種合法非法的東西，唱盤放大聲一點的時候還要唱歌跳舞。去菜市場買菜還有人叫你公主，好像再自然不過似的。哈林區當然還有一種自成一格的緩慢與毫無效率和章法。他們的食物叫 soul food，是那樣的豐潤的滋味，可以和靈魂樂一樣，帶來靈魂與感官上的豐足。

不不，哈林區非常有可能，不是你想像的那樣的地方。它並不需要正名，它只是需要多一點的理解而已。

文明與江南

莊嚴的綠水　一杯甘美的菊花茶
腥烈的白酒　一雙婀娜的繡花鞋

江南的屋簷飛出一個下午的無所事事
賣麵的人家養出一隻熟睡的肥花貓
無謂的小船　悠悠撞破天光

那月牙兒的甜味　阿拉阿拉的聽不明白
租界地的單梗玫瑰　是外國人的外國
穿著睡衣的上海夢　寧靜得像
兩排梧桐

很久很久以前，當時兩岸尚未直航，有人問我我去過大陸沒有，我都說等直航了再說。我以為，因為愚蠢的政治現實問題而必須繞道而行，必須花額外的時間和金錢才能抵達從來就不屬於誰的大地，這本身就是個笑話，正如同現代世界上各國之間不公平的簽證手續與國族主義，其精神上的交通阻隔，反映出人類自找麻煩的本事。

差不多十年前，在兩岸直航班機還極其稀有的時候，我終於抓緊了機會在端午節前搭上了端午包機啟程前往上海，我心目中風情萬種的上海。

去程的包機非常舒適，乘客享受貴賓般的禮遇，機艙裡貼心地裝飾著晃呀晃的迷你粽形香包。飛機起飛前，空姐以甜美的嗓音抑揚頓挫地朗誦了一段官方歡迎詞，先祝我們端午愉快，表示非常有榮幸接下端午包機的重任，繼而祭出溫柔心戰喊話：「歡迎各位台胞們——回家！」

回家？冷漠的乘客頭也沒抬翻閱報紙與免稅品型錄，指尖撥出微小的沙沙響，如同空姐制式地解說讓救生衣鼓起的方式，卻沒有人專心聽。

旅行原本是一種脫離「習慣」的活動，相當奇怪的是，許多人出遠門的時候，卻擺脫不了比較的心態。還沒到上海的時候，已經有許多人告訴我「上海」是如何又如何的一個地方，和過去比起來現在的上海已經如何不得了；和台灣比起來，上海已經如何地毫不遜色；和台北的女人比起來，上海的女人又是如何地妖嬌厲害。

上海朋友小馬問我，上海女孩子比較辣吧？我愣了一下才回答：我覺得台北的比較辣，那可是是因為我自己就是台北人哪，台北還有讓人開車分神的檳榔西施呀。其實，我覺得上海街上走的女孩子和其他人，有說不出來的親切感，可能是因為和台北人太像了，如果不是因為上公共交通工具的時候，上海大嬸如狼似虎撥開人潮搶位置的狠勁很驚人，偶爾又看見許多年輕女孩子穿著短裙，下面卻搭配及膝或及腳踝的肉色絲襪，另套涼鞋，我真的覺得上海的人跟台北的人在表面上沒有太大的不同。

在表面上，上海看起來是個以等比級數成長的大城市，無論白天或深夜，總是有很多的工程正在進行著。當時我順道拜訪了住在徐匯區的多年老友大腦B先生，才來上海工作七個月的大腦B，已經見證了許多一不小心就被移為平地、另起高樓的駭人建設。因此，我所記錄的這個十年前的上海，如今肯定不是我當時看見的那個上海了。這個城市在物質文明重組的過程中，閃著非常非常新的模樣，好像剛被拿出封套的玩具，還沒有長出風霜的刮痕。

舊房子拆了改建成摩天大廈或華麗商場，這不過是地平面風景的轉變而已，有一種東西不是怪手開過來鏟個兩下子就能解決的，比如說「文明」。有趣的是，「文明」這兩個字在我滯留的那些日子裡，不斷地從四面八方跳出來，我這輩子沒有看過這麼激烈地訴求「文明」的地方。其實，上海乃至於整個上層中國追求某種想像中的「新文明」已經有綿長的歷史，其中不免有一些與「西方文明」對照較勁的心態，那心態在傳統的自持與改革的激進中擺盪，社會氣氛一直在尋找文明的託命者，在吆喝著一種更顯格調的社會姿態。

根據我的小學生字典顯示，「文明」指的是：

一、指具體的文化。二、人類進化的狀態。三、指人的言行文雅、不粗俗。四、清末民初的人稱當時帶有外國色彩的新奇事物。

抵滬首日，過馬路的時候，十字路口便出現了一個鮮黃色的招牌，上面寫著：「您是一位講文明的人，請在此等候綠燈通行」，歪頭一想，糟糕，我確實是見證了各種不文明都市的不文明人。之後我又在南京東路、外灘的LCD巨大看板、天橋下、小鎮裡等等讓人意想不到的地方，看到提醒人們一定要「文明」的字樣。

簇新得有點侷促的「新天地」附近有一片昔日的仿冒品大本營，後來仿冒品攤販受到全面取締，但是他們鍥而不捨，集體化身為匍伏在路邊、伺機而動的游擊隊，匆匆的影子一樣側身靠近過客。在那兒散步，經常要應付許多神秘的攤家，壓低聲音拿著型錄要你參考看看，最新款的包，最新款的表。表面上是文明了，可是不文明的事卻隱身於暗巷。

金碧輝煌的外灘同在黃浦區，可是我想走的是偏南邊靠近文廟那附近的矮房子老城廂。靠近黃浦江的河岸那一帶，已如雨後春筍般長出無數的高樓大廈，社區一般都有三十樓高左右，辦公大樓更是恨天高似的不斷往上衝。這些沒有特殊設計的高樓匯聚出來的風景一般都乏善可陳，雖然有人，卻沒有靈魂的熱度。這些象徵地皮鹹魚翻身以及經濟繁榮的高樓背後，有一大塊低矮的平房，這些地方已經來日不多，跟面前的高樓大廈完全不成比例，隔間狹小，也沒有什麼維修的跡象，呈現一種半放棄的姿態，反正老房子正以骨牌似的速度翻新成為高級大樓，這種半放棄的姿態也算是理直氣壯。

在閒晃老城之前，我先前往知名的（仿冒）骨董街東台路閒逛（今已拆除），雖然是星期天，逛的人卻不多，老闆們一派要買不買隨便你的神氣，兩條十字交叉的街道上數十家攤子，賣的東西卻大同小異，而且貨看起來都一樣的假。為什麼他們的東西這麼像，可能是有人發現某種商品特別受買客歡迎，於是仿冒商便大量製造假的骨董貨，到最後這條街上惡性循環，已經幾乎看不到真的東西，劣幣驅逐良幣。

在這裡，毛主席時代成了流行商品，紅通通一片的海報，毛主席雕像、毛語錄等，除了標明「一定要解放台灣」的海報相當夠力以外，宣稱不服從毛主席就要被「砸爛狗頭」的紅衛兵文宣也相當驚心。整條街逛下來，唯一讓我私自認為是真品的，大概只有一個裸體的肯尼娃娃（芭比千年女妖的前男友），可憐的肯尼自從被玩伴掃地出門之後，便悽悽慘慘地坐在骨董市場裡面，看起來一副走投無路的愁臉，讓我忍不住眼角含淚喊：「啊，肯尼！」老闆斜眼瞥了我一下，好像在說，對啊，現在肯尼的確是在賣肉，怎樣？買不買？

我走到某個小攤子的時候，看到一雙可愛的繡花鞋，問老闆價格多少，老闆說二十，我作勢要走，她便要我開個價，我想說這大概也不過十塊吧，老闆搖頭說，不，這原價八十呢。

骨董街附近有座寵物市場，裡面塞滿千奇百怪各種寵物，還有許多賣蟈蟈的攤子，發出唧唧的吵鬧聲，不曉得這麼多蟋蟀是從城外哪裡蒐集過來的，一群蟋蟀雄兵索價竟然比可愛的黃毛小鴨貴，一隻要價五塊，小鴨才三塊。

聽說舊時代的上海女人白天也愛穿睡衣逛大街，在老胡同裡晃蕩的下午，真的被我碰上無數穿著睡衣出門跑腿和串門子的上海人，整個城市都是他們的睡房。老城廂裡面的衣服如萬國國旗般垂掛在巷弄天際線，鮮少有哪一條巷子的上空沒有橫來直去的幾條曬衣繩或滿滿的衣竿子。小巷裡有許多治療性病的廣告，廣告非常直接了當，「性病」兩個字大到可以塞滿一個人的視窗，有性病的人絕對不可能錯過。

寄宿之處附近有店家在清倉大拍賣，廣告詞寫得聳動而掏心，說「生意難做」，所有貨品都賤價「當泥土賣」，我覺得蠻有創意的，只是不曉得上海人願不願意放下身段，像台客一樣耍狠說「脫褲子賣」（意思大概是窮到必須脫褲子）。上海人愛面子，有人問路，明明不知道答案，卻硬是要胡亂比畫一個方向才不會「丟臉」，我以為這只是江湖傳說，一種莫須有的偏見。可是在上海滯留期間，我個人足足碰到了起碼有四個以上明明不認識路卻硬是要胡亂比畫，讓我走了很多冤枉路的人，我這才對相當硬底子的上海面子產生敬畏之心。

飛往上海的飛機上，我讀了舒國治的《流浪集》，其中有一段他是這樣寫的——

「人為什麼會有慣性動作？而又為什麼一逕延續這種動作而脫不了身？莫非人喜歡熟悉？是了，文明指的就是這個。人要一直因循熟識，以致漸漸弄成規律，也同時行成了癮。」

這是舒國治所謂的文明。然而我喜歡的是他那個「能生得兩腿，不只為了從甲地趕往乙地，更是為了途中」的走路哲學，因為他是個流浪的達人，知道走路的好處。趁著端午節，我還是要繼續地走，先是到北方的多倫路，再南下到人民廣場附近亂走，最後往東到浦東散步。

來上海的那些天天氣都對我極好，沒有什麼恐怖的熱浪，只是天空灰濛濛的，入夜還有舒爽的風。更好的是除了商業氣息濃重的豫園，沒有遇到張牙舞爪的觀光天團，餓虎撲羊似地購買土產，搶著和地標拍團體照。多倫路看起來打點得相當整齊，看來是因應遊客有備而來，可是我去的那天沒有遊客，居民所幸端出躺椅來納涼，反而有種不可多得的清閒，路上的行人只有三三兩兩，透過厚雲層灑在老房子身上的陽光，照出了曬衣竿上搖蕩的衣影。

在迷你上海現代美術館裡邊探頭探腦的我，原本想再進上海博物館打發時間，可惜票只賣到四點，於是在市政府對面的廣場看人放風箏遛小孩，看路過的人。這個廣場四周有個奇怪的招牌，上面寫著：

「加強兩個文明建設，提高文明示範標誌區域創建水平！」

我感覺這句中文非常繞口，也不太懂什麼叫「加強兩個文明」，文明還可以數嗎？有關當局要求的非但不只是「一個」文明，還要來一雙，double，要「兩個」，想必這塊示範標誌區的文明一定加倍雙效，至於什麼叫作「示範區」呢？既然是「示範」的地方，就應該有需要學習的民眾，那到底是指誰呢？不文明會有什麼下場呢？

總之我非常狐疑地離開加強兩個文明的示範區，非常謹慎地維持文明的儀態散步到上海大劇院，心想晚上有什麼剩票乾脆就殺進去看一場戲，結果什麼票也沒剩下，不想買黃牛票的我便轉往下個目的地，興沖沖跑去搭乘惡名昭彰的「外灘觀光隧道」——

聽當地人說這是一個超級廢的新設施，廢到無聊的人一定要進去看一看到底有多廢——剛好我就是那個無聊的人，我買了單程票，坐進了一節類似於透明香腸的包廂，開始了一場的確相當讓人不知所措的聲光秀之旅。整條隧道極短，切成十幾段主題，每經過一個主題，車廂即響起房仲廣告般的嚴肅旁白，中英對照與國際接軌，一經過「天堂與地獄，Heaven and Hell」，天打雷劈式閃來閃去的幻奇燈光便接踵而至，短短幾秒呈現出天堂與地獄的天壤之別，經過「愛麗絲夢遊仙境，Alice in Wonderland」，隧道裡再次閃光打雷七彩霓虹燈，似乎想營造愛麗絲迷路的感覺，悟性太低的人無法領略。的確是個讓人感到無所適從的隧道啊！

正在蓬勃建設的浦東區，有時髦大商場，有昂貴的餐廳，有些餐館的圓桌大到無法正確估計它的直徑，餐桌上的對話據說要用麥克風代勞。誰要是想過過美帝般的夜晚時光，來此即可。

有一天我起了個大早，走到體育場旁邊的旅遊集散中心詢問前往水鄉的巴士，買到了一張往烏鎮的票，這張票是含來回車程加導遊的，含導遊的用意在我看來不是因為他們多想推廣地方文化，而在於他們有很多精心設計的業配活動，包括中途停駐在荒郊野外的小店，要逃不走的你買買特產。

隨團行動的一大麻煩是遊客必須羊群一樣聽從導遊的指導，一個口令一個動作，導遊說現在我們大家站到樓梯前面來，大家就站到樓梯前面來，導遊說大家跟神明表示敬意行三鞠躬禮，大家即溫順地跟神明行三鞠躬禮，導遊說大家來抽一張自己的生肖卡，大家就真的排隊去抽自己的生肖卡。我想導遊如果要大家蹲下來吃草，大家也會毫不猶豫地蹲下來吃草。

總而言之，一到烏鎮古城的第一大廟，我們這群羊便在導遊的要求下做了這些事，最後還被半強迫請到廟內一間屋子裡，請道士憑著我們手上的那張生肖卡為我們講解運勢。這一切看起來都如此的無害，直到為我講解運勢的師傅講解完畢並了解我是台北來的之後，開口說，這樣吧，你到外面去燒一對龍香，替事業全家求平安。

跨出門檻後，果然有人在旁急急問我：師傅告訴你什麼？我說，沒什麼，就是要我燒什麼龍香之類的。他們一聽，立刻像孫悟空抽出金箍棒那樣抽出兩隻世紀無敵粗大肥碩的龍香兩根，粗如兩根拇指，長如一歲小兒，上面確實盤了兩條光鮮的龍。

這人向我解釋，龍香不能隨便燒，如果我要的話，他會告訴我如何在燒香的時候蓋住龍的雙眼，如何施展祈福的正確手續。我不等他說完，淡淡問一句，那請問這龍香是要多少錢？那人報價：兩百七十六塊人民幣，我心中響了一聲雷，分明就是向窮書生搶錢。我也直來直往，說，可是我不想付這筆錢。那人愣了一下，便說，也罷，宗教自由嘛。我心裡哼了一聲。

這麼折騰了一下，我居然已經和我那群旅遊團走散了，與群眾走散似乎是我此生的主旋律。我等了片晌，心想不能再等下去，便只好自己自由行動起來，下午回程才回巴士集合。

烏鎮這座古城典雅，骨董建築還住有人家，不像周庄，已經被政府勒令居民全部遷移原址，所以沒有徹底迪士尼化的商業氣息。那一天遊客不多，逛起來愜意，心情大好。端午剛過，許多人家的門上還掛著鮮綠的艾草，我發現許多人家門口都貼著「文明家庭」字樣，當時看不明白，後來問朋友，他們說這大概是指這個家庭特別和睦，足以當作社區楷模的意思。我記得走在上海街上曾經看到一個政府機關，中文的部分也冠上「文明」兩個字，下面英文對照的部分則寫「model」一字，想來文明在這裡有延伸的意思，文明到了極致，就變成了眾人之表率了。

在一家小吃店坐下吃午餐，點了個蔥花麵，端上來的東西果然除了很小的蔥花和麵，什麼東西都沒有，比陽春麵還陽春。吃麵的時候，眼前是小河和幾艘載客的小船，懶洋洋斜躺著休息的船夫把下午的氣氛弄得極度慵懶，如果不是隔壁的甜點販子不斷喊賣桂花糕，弄出一點嘈嘈的市集聲，我幾乎想學路邊那隻花貓，找個地方躺好睡一覺。

離開恍若水墨圖再現的烏鎮之後，返回上海市區已經是傍晚。我想在離開上海前至極度小資的南京東路閒晃，遂一下子從極度出世的所在轉到了極度入世的領域。南京東路步行區的霓虹燈眼花撩亂的程度當然是在預期之中，在這裡，我在某個巨大電子看板上看到了「創新是一個民族進步的靈魂」字樣，覺得相當有趣，好像是從教科書上抄下來的重點佳句似的，而這到底是寫給誰看的呢？

南京東路上來來回回有幾輛小火車造型的「觀光列車」，我不太了解這麼短的南京東路為什麼沒辦法用腳走，而非得要坐這個玩意兒才能逛南京東路，但是更不能理解真的有滿車子的人搶著要搭這種觀光列車。這觀光小火車於是就在人群中侷促地跑著，不時要無禮地對路人按喇叭示意路人閃一閃讓路。這種玩意兒我在巴黎的金融區拉德芳斯廣場也見過，當時也是完全的看不明白，覺得這真的畸形的一項人造設施。難道這群遊客只有乘坐在名為「觀光」小車的移動體上，才能真正感覺到自己正在觀光的事實嗎？

獨自搭上動車組飆往蘇州的那天，我先吃了顆粽子。快速火車才花了四十分鐘就把我送到蘇州火車站。第一站是貝聿銘設計的極簡風蘇州博物館，看到了徐悲鴻的特展。

我總覺得徐悲鴻的作品少了一種誰也奪不走、獨一無二的藝術性，是太多人仿效他導致的嗎？我想不是。

隔壁的拙政園這個時節有些荷花搶先開了，園子裡已經有股恬淡的荷香。離開前，我和一位帶著香港孫女來逛園子的蘇州老先生聊天。

最後晃蕩的是不遠處的獅子林，獅子林裡面多的是太湖來的怪石，還有極盡蜿蜒之能事的羊腸小徑，景色並沒有拙政園來得好看，人卻少了許多，逛到了後頭，整座花園幾乎已經看不到遊人，那時候我隨便倚著一塊石頭歇息，看著那空蕩蕩的花園和堆得滿園的石頭，簡直有冷宮似的蕭瑟，沒辦法理解為什麼愛玩的乾隆會這麼喜歡這裡——也許他並不了解一個人逛這花園的滋味吧。

我這隨便一遛，聽說虎丘早關門了，寒山寺也不賣票了。蘇東坡說來蘇州不遊虎丘乃憾事也，我來了蘇州沒有逛到虎丘也沒有聽到寒山寺的夜半鐘聲，倒也不覺得怎麼遺憾。一個人的緣分和能力就這麼多，這一生要錯過的東西不曉得有多少，隨緣就好，盡力就好。

夕陽餘暉中，我搭了公車前往蘇州最熱鬧的觀前街吃飯逛街，抵達時才發現這是蘇州版的上海南京東路，非但燈火通明、商機滾滾，連最無聊的那種觀光小車也一應俱全。我挑了一家小吃店坐下來吃晚餐，好奇打了一小罐二兩白酒配上一桌子的菜吃，白酒相當燒喉，一看原來酒精濃度百分之四十七。

回蘇州火車站趕回上海的路上，看到車站前有許多打地舖的人，草蓆一攤，包縛往頭下一擱，就在人來人往的火車站前睡了。不太清楚這些是流浪的人，還是從大老遠來等著要坐明天火車的人。我發現火車站旁邊的小雜貨店裡擺了許多罐熱水瓶，大概十個吧，整齊地擺在櫃台後面。我想到舒國治在〈在途中〉裡面形容大陸人如何「每到一地，必先找好熱水」的習慣，以及台灣家庭對自動熱水瓶的依賴，他說：「此種對熱水的依賴，或在於對一種文明人煙的渴望保有，亦即，對荒涼之不願受制。西方人，比較起來，不那麼怕荒涼。」想起來很有意思，熱水瓶和文明與荒涼居然有此等關係。

朱家角是上海近郊一個水鄉，一個不像烏鎮般有完整規畫過的尋常水鄉。許多所謂的展覽館其實空空如也，而整個城的居民鐵定比遊客多，他們在那些看起來有些迷惘的遊客身邊自在地挑菜、撈蝦、曬衣服、打麻將，看起來不像是被遊客欣賞的風景，遊客才是他們欣賞的外來風景。

和烏鎮比起來，朱家角的江面較寬，屋子也相對的高，路比較亂，佔地較廣。我比較喜歡烏鎮的小巧整齊，但是朱家角有種不按牌理出牌的趣味，那些在河邊擺好幾張躺椅休息聊天的居民、對著窗口嘩嘩的炒菜響，都讓我覺得親切。在這裡我發現許多人家門口上貼著「清潔戶」字樣，我看了某清潔戶的家裡，並沒有我想像中的清潔，深感迷惑，不懂這是什麼意思，朋友說這大概是家外面的街道打點得好的意思。我後來和某位足療按摩師聊天的時候，她說，有些地方還會在人家門口貼上「新女性」的獎勵卡呢，說是大家都喜歡褒獎，這樣家裡有光。我暗自裡想，要是我家門口貼上一個「新女性」標籤，我可能還要躲起來呢。

我在朱家角也參觀某座打劫的廟宇，進去的時候，我明明就沒有要請道士替我講解命運，他們卻硬是要我坐下乖乖聽好，聽完居然拿出一本功德冊，要我簽名捐錢做功德，我拿筆簽了個滑稽的假名，做功德是吧，師傅說「一般人都是捐六十九十的」，我偏不要，拿了兩塊銅板丟進功德箱發出鐺鐺兩聲，轉身就走，那鐺鐺兩聲是故意的，明明知道這樣鐺鐺兩聲讓他們很難看，可是覺得他們搶錢到不要臉的地步，我也不必留他們面子。

在朱家角那天，中午我隨便選了某酒店進去選了二樓靠窗處坐下，點菜點過頭，除了一盤氽燙小草蝦以外，其他的幾乎難以吃得精光，這是一個人旅行的壞處，我經常忘了自己是一個人，其實一盤菜就可以打發了，結果就一個人面對一桌子菜，惹來服務生問，你一個人呀？菜上到一半，請廚房不用再上了，太多了，但在這個時候，全世界的餐廳老闆都會回答菜已經做了，即使魚都還沒撈出水缸——他們是寧可浪費了菜，也不願意停止出菜的。只好慢慢悠悠的吃，每每一次就吃掉把鐘頭。

端午已過，天鑰橋路那邊有家五芳齋的粽子攤人潮也散了，我才買了顆大肉粽來過過癮，這粽子也沒什麼特別的料，但是好吃得不得了，又便宜又好吃，算是上海之旅吃到最好吃的東西。同一條街上的「唐餅家」賣的糕餅也好吃得不得了。沒想到我這整趟上海之旅印象最深的不是朋友宴請的高級餐廳料理，而是一顆肉粽和單薄的餅。

外灘大名鼎鼎的十八號，這一棟樓的一樓都是高檔名牌店，樓上則有不時衝來幫你刮掉桌面麵包屑、盤子很大但食物很小的那種高級餐館，還有可以眺望絢麗夜景的酒吧。

我也登上天台欣賞外灘與浦東風光，黃浦江對岸某棟大樓裝置了據稱世界最大的LCD廣告螢幕，除了放映廣告、穿插世界名畫欣賞，最出乎我意料之外的是，居然出現了「文明建設」的文宣。我不曉得站上世界最大ＬＣＤ廣告螢幕的文明呼籲是有誰看到了，若不是搭乘昂貴渡輪欣賞風景的遊客，就是像我這樣發呆的人吧。到了這一刻為止，這所有和文明有關係的文宣已經像老媽子的嘮叨一樣，成功滲入了所有你意想不到的地方。像這樣一個派對的夜晚，你還是不免要看到有人提醒文明的重要性，那感覺有點滑稽。

回途路上，於外灘碰到了三個被大人使喚出來賣花的小女孩，看到外國人的臉孔便說「哈囉」，一個箭步衝上來吵著要你買。這個時候我總會覺得很不忍，但同時我又會意識到自己的不忍正是他們所期望的反應，我不能鼓勵這種行為，卻又不能忽略那些小孩年紀很小的事實。

離滬那天，趁著吃午餐的空檔，參觀了白公館（白崇禧舊宅，原法籍冒險家斯比爾門的私家豪宅）。這裡現在已經改建成高級餐廳，我沒有進去用餐，卻要求參觀別墅，服務生也客氣，就讓我進去當個好奇的土包子。過去的房間都已經改建成用餐包廂，陽台的部分也加裝了透明玻璃以方便享受冷氣，白色大理石雕出來的螺旋長梯，光潔白亮的扶手摸起來溫潤如綢。

在上海，許多精美古蹟全部改建成了高級餐廳。我在前往蘇州的動車組火車上，翻開鐵路局編寫的一本雜誌，裡面某記者寫道：「上海是天生小資的城市。」這樣的城市和我想像中的上海有些距離。在某種程度上，誰都已經聽說上海已經快要變成第二個香港（不過他們喜歡說，快要超越香港），可是我想像中的上海，比較靠近老城廂裡穿著睡衣的女人模樣。這樣的想像也許是文學作品和時空距離所造成的，我雖然在新興空間裡看到那極度小資的社交活動時不至於感到錯愕，卻難免有些失落，單純是因為這樣的風景隨便在哪個資本主義國家裡都看得到。在十年前上海光鮮亮麗的外殼下，塵土飛揚的似乎還沒有沉澱下來，我不確定那是什麼。

那一趟旅程，最後在趕搭飛機返台的路上，出上海市中心之前，我清楚記得隔著車窗在天橋下看到了一個巨型看板，上面寫著：

「文明從腳下開始」。

2

夜的出口

Loner

金瓜石半屏山步道與燦光寮步道路徑短而輕鬆，但視野蒼茫壯闊，環山面海。燦光寮山頂是台北的一等三角點（台北只有五個一等三角點），以一等三角點為圓心，半徑數十公里內皆無遮蔽，展望極佳。

在半屏山頂僅僅遇見一名獨自登山的人；日落前約一個鐘頭，抵達狹窄的燦光寮山頂，又遇見一名獨自登頂的山友，據說是替某登山健行社團的下次聚會探勘，一路從金瓜石市區蜿蜒而上，經過茶壺山、半屏山，竟然三點就已登燦光寮山頂，為了等待夕照，在山頭等了三個鐘頭。雖然說他是來替幾十個山友探勘，不久要當這群人的領隊，但他說自己其實喜歡一個人走。

夕陽熱烈地紅了起來，群山都有了溫暖的神色。

等待是漫長的，而夕落總是發生在須臾之間，山友抓著老派底片相機調整光圈，一下又一下按下快門。他說用底片會讓人思考，因為底片只有三十六張，比起沒有底線的數位存檔，更能產生有意識的攝影。

這使我想到，攝影家法蘭克・霍瓦（Frank Horvat）在回顧半個世紀的攝影生涯時說過，攝影是不按快門的藝術。[4] 許多人誤以為攝影是一種獲取的過程，然而實際上攝影也是學習捨棄的修行，這是《缺席的照片》（*Photographs Not Taken*）這本書給我們的啟示之一。

獨自在外遠遊，偶爾能深刻地感覺到，一個人的現場，真正是又寂寞又美好，好像整個世界都是一個人的盛宴，又好像是這整個世界都不懂你的心情。

在旅途中偶爾會遇見一些真正的 loner。你會知道，是因為你感覺得到那種心境的波長，覺得親切，並且了解孤獨有孤獨的理由。

這些獨行者不會是那些宣傳自己如何「一個人去旅行」的人，因為他們並不追求眾人的評價，既然從人群走開了，就沒有必要去迎合或製造人群的看法。他們也不是那種征服型的獵者——每次出門總是要追求極致，要比較，要更多，喜歡占領山頭並且大肆宣傳，不，他們有種願意等待、能夠在深林與荒漠中再走進去一些的氣息。同時你也覺得他們不是那種倨傲的人，不是那些純粹因為懶散而孤僻的人，不是的，他們或許還比一般人還有更熱情積極的地方，對於未知的世界的好奇很可能比一般人還更寬廣。

台灣是個太容易排遣孤獨感的小島，呼朋引伴、縱情繁華都是那麼容易的事，要能夠實踐孤獨的美學，抗拒虛榮，不執著於攻頂與征服，又是多麼艱難。更何況我們現在有了無時無刻不存在的嘈雜網路世界。大部分的人在面對孤獨的時候，都以便宜的方式逃開了。

我常常覺得，這個世界有許多隱微的縫隙，一個人必須先抖落精神上的桎梏，進入一種孤獨的潛修心境，才能輕巧的，像針一樣，在稍縱即逝的機緣巧合之中，看見那種縫隙，穿越它，走進世界的另一面，進而理解另一面。

夕陽遁入雲層，天色很快就黑了，原本聽起來像浪一樣爽朗的四方蟲鳴，現在聽起來像轉換了一層意義。我們急急下山，可惜不能待久一點，親眼看到漁港的燈火一盞盞亮起。但是已經不能再等了，高過人身的芒草在漸冷的晚風中發出野性的沙沙響，小徑漸黑，山友的頭燈故障，我們算好時間，在顛簸中回到文明的懷抱。

因為想到曾經攀越過的孤獨，和旅伴聊天的過程中，感覺心底有個港口，有燈漸漸亮了起來，不是因為有人陪。

4 見一九九二年《攝影家》雜誌第24期。

夜的出口

從空中俯看，即使在月光的映照之下，龍坡邦的燈火仍像無垠黑絲絨中間一枚小而精緻的繡花，緊縮在鎮區。

在這樣光火稀少之境，入夜，再如何蒼白的小燈也有成群飛蛾飢渴地盤繞飛轉，看牠們瘋狂拍動的翅膀，讓人幾乎覺得牠們在吸吮燈光，光裡有蜜。在昏暗中看見光源，看見蟲子壓抑的躁動，感覺四周的寧靜好像鑲了黑邊，更沉，讓人奇異地感覺到黑暗的巨大。

此地有一種壁虎，牠們總是躲在黑暗中，發出富麗嘹亮的短叫聲，聽起來更像一隻呼喚著什麼的鳥，在靜謐的小村夜裡，那神祕的叫聲分外立體，感覺格外不真實。

整體來說，龍坡邦出奇的沉默，即使在夜市走動，都讓人有在大理石廳裡逛博物館之感，清涼而帶著距離，不像我們認知裡的夜市那樣激動、那樣急著召喚什麼。

龍坡邦夜市擺攤和收攤的過程，向來靜悄節制，如某種軟體動物，雨後默默露臉，或如早晨托缽的僧侶，山上吹來的風那般，一不注意就過去了。有些攤子賣銀飾，有些賣百褶裙，都是中國雲貴一帶還有東南亞北部山區少數民族區域很常見的手工品，拉美原住民族也有類似的百褶裙款式，沉黑為底，搭配細碎印花，布料上經常抽銀線和十字繡圖樣。

在龍坡邦夜市，這樣的一條手工裙是十美元，挑花樣的時候，老闆還會自動降價成九美元，價格見骨了，幾乎讓人感到罪惡，就好像在都市裡喝慣星巴克的人，去了厄瓜多，赫然發現出口高級咖啡到國外的當地人，只喝得起很稀的即溶咖啡。

其實紐約經常可以看到類似的百褶裙，從緬甸經泰國逃亡到美國的前內戰游擊隊員，以及矮小的墨西哥婦女也在下城擺攤賣這種色彩濃烈的民俗風背包與裙子，好像山勢險惡培育出來的民族，越能在粗布上繡出輝煌的圖騰。百褶裙一條賣到五十美金以上，但是可以講價，偶爾看見小店裡也會賣，價格則自動上乘幾倍。

占領華爾街運動剛起步的時候雖然引起了一些震盪，但這場無主的進擊就像在淺海搖晃的海葵那樣不可預測，四處綻開，卻始終浮不上水面，比如，某一個晚上布魯克林大橋上掀起數萬人風風火火的示威活動，有人以筆直的雷射光在高樓大廈上激射出：「我們都是那99%」之類的標語，一呼百諾，是那樣黑暗中閃閃發亮的共和體，我們。但這一晚的激昂毫不意外遭到主流媒體流放，隔天太陽升起，又是船過水無痕。

就在那樣急著投影什麼的秋季，某個周六夜，華盛頓廣場出現支持華爾街示威的群眾，讓人以為示威活動真正開始發酵，往上城蔓延，也許華盛頓廣場隔壁NYU的青年學子將如六〇年代那般，領導風潮，進行一種大規模的軟性社會運動。

隔日，風和日麗，重回華盛頓廣場卻只看到四處洋溢著舒軟情調，有好幾組聚攏群眾的樂團占領廣場角落，空氣裡不但有甜如蜜的陽光，還有和平歡樂的音符，範圍並不大的草坪上則躺滿了忙著把自己曬成古銅色的半裸青年，彷彿急著收割夏末秋初的溫暖。昨夜聚集的示威人群都換成了曬免費太陽的人們。

此時，廣場不遠處一家銷售手工與民俗嬉皮風著名的美國連鎖品牌，在櫥窗裡擺了一件類似龍坡邦的百褶裙。

根據店名，這是一家把人類學的異國風情當成時尚資本的品牌，讓人好奇擺在店裡的這樣一條裙子要價多少。查詢後得知它將近三百美金。

我想到，紐約無論白日或深夜駐守路邊的水果攤，那些可能來自瓜地馬拉的香蕉，五根一美元。賤價的水果。在異常遙遠的南方，於黑暗的香蕉共和國收割的人們，一串香蕉的收入或許也只有美國價格的三十三分之一？朋友說，在台灣，香蕉從原產地到超商，價差真的曾高達四十倍。

初雪來襲前，紐約老牌百貨 Bergdorf Goodman 的耶誕櫥窗一如以往在第五大道上豔冠群芳，玻璃帷幕裡蒐集了世界上最難以取得的稀物，以及最魔幻的主題。面容疏離的模特兒與定格的珍奇異獸，閃亮，毛色雍容，是濃縮的欲望版綠野仙蹤。

我曾在紐約陰錯陽差收到 Goodman 的奢華目錄，並不是曾經在此處消費，而是某人老婆的信用卡地址註冊在自己住的地址，因此就產生了貴婦消費，而不相干的平民閱讀目錄的狀況。Goodman 精品目錄無論用紙、攝影或印刷品質都能瞬間讓街上所有的流行雜誌蒙羞，高級得不食人間煙火。

搭配這麼高檔的目錄的當然是價格拔尖的產品，翻開來裡面都是目不暇給而且昂貴得匪夷所思的奢華品，檢閱目錄，幾乎讓人感覺像在觀摩即將絕種的保育類生物：冰塊造型三千五百美金的派對小錢包、貼滿翡翠鑽石的小熊胸針……。翻著翻著，出現了幾條看似四角內褲的產品，每條要價和紐約房租差不多。為什麼花紋和質料與抹布差不多的泳褲，竟然要價與房租一樣貴？難道是短版金鐘罩嗎？可以擊退鯊魚、把海水變成香檳？

更讓人氣餒的是，目錄只列出 Italy、USA、France 這幾個第一和第二世界國家的產地名，除此以外，所有第三世界國家製造的產品，他們皆很「委婉」地打上：

Imported。顯然第三世界國家那些血汗工廠的功勞，都是讓人羞於啟齒的……。第三世界國家隱姓埋名，怕玷汙了那高級目錄的高級雪銅紙。

Imported，全世界的第三世界工廠都被濃縮成了這一個字，就像他們不斷出口卻找不到位置的命運。

節慶的樣子

每年感恩節過後，秋景都殘了，風偶爾颳起來枯枝一樣刺，此時紐約133街和Lenox大道街角賣耶誕樹的攤子總會準時出現。

來自羅德島的大鬍子D這時候總會趕來紐約賣耶誕樹。他是位年輕的木匠和音樂家，夏天當木匠、唱團彈琴謀生，冬天就到紐約街頭賣耶誕樹，負責大夜班。

值夜班不但寂寞，而且日夜顛倒，每天晚上上工的時候，南方34街閃亮的帝國大廈和他遙遙相望，尖筆一樣彩色的帝冠，就像明信片一樣好看，證明他確實來到了紐約，可是這些年來，他總是匆匆來去，趕在耶誕夜回家過節，一次都沒有造訪過那棟樓。他和帝國大廈就這樣保持著永恆而止乎禮的距離，像黑夜不斷錯過白晝。

大鬍子D的攤子架設在一家99分錢廉價商店門前空地，橫跨半條街，耶誕樹夾道，掛了許多燈泡和松枝花環，空氣中瀰漫著松香，根據攤子老闆Ray（值白天班的人）的說法，因為是長期抗戰，所以儘量把路邊攤搞得溫馨一點，希望多多少少有點家的味道。

他們在路邊架了一座避寒的小亭子，裡面擺了一支吉他，亭外擺了一架用六大顆電池充電的陽春電子琴，三更半夜路上沒有人的時候，大鬍子D就會彈琴作樂，或者打開小筆電看電影。

小亭子裡有位固定班底：一隻拉布拉多和哈士奇混血狗。她有雙冰山一樣水藍的眼睛，乳牛一樣的毛色，名叫Tundra（苔原），讓人想起阿拉斯加秋天醉酒似的風景。

第一次碰到苔原的時候她四歲。苔原二十四小時幫忙顧攤，因為已經連續來了幾年，又性情溫和，和附近鄰居有了交情，有些養狗人家出門遛狗的時候都會來樹攤串串門子，順便也把苔原帶出去散步，也因此苔原莫名交了一堆紐約的犬友，也許對紐約的認識比主人更廣更遠。

我不太清楚耶誕樹的價格，但是肩膀高的小耶誕樹要價大概二十五美元，如果一棵樹要長五年才能長到那樣的高度，一年約莫值五元。兩倍高又兩倍胖的樹價也翻一倍，大概五十美金。想到一棵樹活了這麼多年，只為了榮耀幾個晚上的慶典，總是覺得不明所以。偶爾想起農夫巡邏修剪耶誕樹的樣子，會不會有種同時走在育嬰房和墳場的衝突感呢？

年年和大鬍子D見面，有了些交情，偶爾特別天寒地凍，還會特地泡杯熱可可或熱咖啡去慰勞他。有一年他趁空檔用木匠技藝做了一隻可愛的麋鹿回送當作耶誕禮物，拿回家擺在冰箱上，麋鹿前腳長後腳短，脖子可以扭動，有種君臨天下的姿態，雄赳赳氣昂昂的。麋鹿的鹿角是插上去的兩根松枝，松綠撐了三季，到秋天才漸漸黃去。不久大鬍子D又來了，剛好可以換上一副新的鹿角。一年就這樣過了，隔年在路上看到苔原，她似乎身型也長了些，性格還是一樣，薄雪般溫柔沉靜。

客人來了，一棵樹被選上，擺在一個中空桶子內用網子包起，鋸掉一點樹幹底部，附上支架，最後被拖去某戶張燈結綵的人家盡最後的義務。

將這些記錄下來的那天深夜氣溫華氏三十八度左右，沒有風，可是感覺特別凍。我對這個攤子抱著複雜的情感，看到它好像看到一部分的自己，長出一圈年輪。

歲末，許多事連根截斷，又有許多事漸漸長成了節慶的樣子。

人不在國外，耶誕節就沒有了具體的感覺。想起往日耶誕節在紐約時街上的空寂，那些張燈結綵的裝飾、乾冰一樣無所不在的耶誕樂曲，以及窸窸窣窣包禮物和拆禮物的感覺和聲音，覺得很不真實，萬般皆過眼雲煙。

台北的耶誕節怎麼看都是虛的，現在無論如何都已經無法重新凝聚高中時期狂寫卡片分送同學的那種興致，至於和朋友擠在舞台前聽歌手排隊唱靡靡之音的熱情，經過了這麼多年工作和歷練的琢磨，早早剩下餘灰。不管如何，那三角柱般的耶誕樹從來沒有感動過我，無論耶誕節在這些年來增添了多少個人的情感回憶，尤其在國外的那幾年，看過了那麼多的耶誕樹，還有那麼多載耶誕樹去回收場絞爛的垃圾車，漸漸只想到一群生靈活了個那麼多年，只為了去裝飾那熱鬧，真是無比慘烈。也許是我畢竟不是個基督教派薰陶下長大的孩子，聖經永遠只會是我的文學讀本而不是精神指標，耶穌只是兩千多年前出生而胸懷若谷的歷史人物，這個節似乎欠缺臨場感和深刻烙印，只能落得像一層膩人的糖霜，讓人想隨手剝去。

至於近年流行的交換禮物，我們都常收到如噩夢一場的廉價品，許多人甚至趁機出清家中從沒被真心喜愛過的塵封廢物，虛與尾蛇的背叛感比忽然獲知耶誕老人不存在還沮喪。

儘管這樣說，我雖然不特別過節，也不在意任何形式的慶祝，但我並不輕視過節，或者那些喜歡找各種名堂來慶祝、來展現驚喜的活動，如果可以，我也偶爾湊個熱鬧，在這熱鬧之中，感受人們的努力。

無論那表現的形式有多麼俗嗆，我總覺得，真誠地享受和營造那樣感覺的人，只要不是可悲地只是想抓住可以搪塞孤獨的浮木，毫無靈魂地因循習慣或為了面子而慶祝，都有種人性的可愛，只因為他們有一種想要點燃快樂的企圖。很多人如果不靠這些日子來團圓、熱鬧一下，他們就會因為生活的枯寂，而漸漸喪失了和人相聚與向上的活力，像繩子鬆脫的船，找不到港口，並且過於方便地忘記對他們所愛的人表達自己的愛，永遠地被一種幾乎沒有目標的平淡日子給綁架；所以有個什麼周年慶、某某節、生日和慶ＸＸ的名堂似乎是好的，它們就如同收費站，在年年月月的定點，等著向生命的過客收取做人應有的熱情。

我不特別過節，但我並不覺得這有任何超然之處，如同某些人誤解的那樣，或者某些人引以為豪的那樣。

不特別過節的人，如果日子就此過得意興闌珊，什麼都無所謂，我反而覺得他們需要好好找個生活中的某個重點來慶祝慶祝，就算慶祝的名目和奈米一樣小也無所謂，那目的只是像重新尋找性感帶，或拿個槌子敲自己膝蓋檢查自己還有踢腳的靈活反應，替生活加點柴火，確定日子不會過凍，如此而已。

中提琴的晃動

黃色小鴨擱淺於台灣的那個秋日，我在台北聽了一場中提琴重奏音樂會。

演奏過程中發生三、四級大地震（花蓮六級），地震大到過境基隆的黃色小鴨都自體爆炸了。

據說我那位在新北市的母親大人在家中呼天搶地，不斷高分貝親情呼喚，要沉著的老弟「躲到家中最強壯的鋼梁旁邊」，根據包子弟的形容，母親大人驚慌的表現比地震本身還更可怕。

演奏會場地在中山堂光復廳，聽眾席排列出來的座位不是固定座位，表演結束可以收起來，露出原本的空曠空間。地震剛開始的時候眾人不以為意，但那搖晃綿綿不絕，加上場面恬靜和諧，很難不分神注意到古老中山堂骨董窗戶發出轟隆隆的劇響，以及頭頂上方即將變成海盜船加速的水晶吊燈。

心亂如麻的震感持續一陣子，地牛倏然翻身甩尾，感覺地面就要翻騰起浪，前方不遠處的一位老伯大大吃了一驚，用力將椅子嘩啦向後一推，標準預備姿準備助跑，他身邊的人跟著也吃了一驚，抬臀離開座位兩吋。

此時地震就停了。

阿伯只好默默端正椅子，把正要往外衝的半蹲逃跑姿，若無其事地調整回優雅宜人的聆聽姿。

客家人早年放牛的時候，若要命令牛停步，都會喊一聲拖長音的：「好——！」因為這個原因，老一輩的人遇到地牛翻身的時候，也會喊這麼一聲，有「夠囉」的意思。OG（我們家小孩稱叔叔「OG」，音似「歐基桑」的歐基）叔叔說當年白河大地震的時候，我的阿嬤一個箭步從廚房衝出屋外，大喝一聲：「好——！」頗有一夫當關的氣勢，或許手中還拿著鍋鏟。

如果那一夜的中山堂坐的都是老一輩的美濃鄉親，或許也會湧現此起彼落的「好——！」「好——！」聲，不知其由的人可能會誤以為聽眾情不自禁提早為表演瘋狂喝采。

中山堂劇烈晃動的當下，坦白說，我也迅速啟動了風險評估，確認是否有逃命的必要，目測水晶燈傅科擺的幅員是否能造成一場「歌劇魅影」，但我認為除非天花板塌下來，暫時沒有斷命的疑慮，也就生出了日文中「大丈夫」的那種無畏感。

就在母親大人在家中驚聲尖叫的同時，真正專業的中提琴手們，在地震晃到高潮的時候，儘管沒有紮馬步，但一個拍子都沒有漏掉，流暢地把旋律編織下去，泰山崩於前而色不改，沒有什麼能阻止他們專心地演奏好布拉姆斯。

誰能想像緊張的母親在地震中拉提琴呢？或許我們都需要有音樂家特質的母親。

這樣一個由中提琴聲編織成的夜晚，這樣適合彈奏出秋日那種微涼的、流水年華身世之感的樂器，可以讓人想到許多光影交錯、風聲瑟瑟的深沉意境。然而，第一首優美的曲目演奏當時，某個音頻卻一直讓我想到：「啊，中提琴真適合演奏蚊子的叫聲啊。」（蠢才貌），誰來一巴掌把我打醒。

想延續夏天的癡夢，嚶嚶嚶地徘徊不去。

比光更快

我敬稱為「醬師兄」的物理學家朋友偶然提及「微中子」，根據形容，微中子是在宇宙大爆炸時候就產生的一種粒子，可以自由穿梭所有物體、存在於我們的呼吸之間，並且像散步一樣輕鬆穿越地球，又以接近光速的速度移動。

瀟灑而近乎沒有質量的粒子，據說可以捕捉，科學家們利用微中子碰撞時發出的藍色微光捕捉到微中子，從而研究宇宙的奧祕。科學家為了研究這淘氣的小東西，在南極透明澄澈的冰層底下建築了可以捕捉微中子的天文館，追蹤路過的微中子。

寫出以上訊息已經耗竭了我對微中子的所有知識，微中子奧妙對我而言簡直像黑盒子，捕捉微中子的過程，聽起來有如在茫茫的黑夜裡抓螢火蟲。在肉眼所不能見的空間裡，苦苦搜尋一種可遇不可求的藍光，彷彿在如來神掌上翻箱倒櫃地摸索可以開啟知識黑盒子的鑰匙。

宇宙的祕密何其多，掀開一個盒子，盒子裡又是一個盒子，大家都想知道到底最中間的那個盒子裡面有什麼，但如果所有祕密都解開了，真相原形畢露，那一瞬間會不會悔不當初？

戀人搬出相當肅穆的臉告訴我：物理是浪漫的，因為它讓我們從未知中發現「已知」。概念產生之後就會變成常識，進而變成我們理解這個世界的工具，沒有「已知」，就不能產生意象。

詩人阿布曾經發表過許多和物理學、天文學有關的詩，每一首都發出藍光，深深打動我的心。有一首〈量子力學〉是這樣寫的：

假設愛極端細小／存在於日常的狹縫之間／如同光之二元：／爭吵時是粒子／擁抱是波／所以我們得以纏繞／交疊／穿越一次又一次衰變／就能測量時間／我們是彼此的鏡子／與容顏／真理與愛／都是測不準的／因為上帝不玩骰子；／那是上帝／寫出來的詩

在〈廣義相對論〉中，阿布又這樣寫：

像一位虔誠的／無神論者／我的心是寂寞的天文台／對準宇宙最寒冷的角落／尋找愛／存在的證據／那是最黑暗的時候／即使一點點光／都看起來像煙火

「已知」如果足以開啟意象，那麼詩的能耐是從中鑿開一片「測不準」的未知，新的宇宙。阿布證明了浪漫本身就是合乎物理的。或許所有的詩都是在「尋找愛存在的證據」，科學是尋找各種證據的存在。

幾年前秋天，物理界有條很火紅的新聞，大意是微中子比光還要快，愛因斯坦錯了。儘管實驗者只是根據實驗結果拋出了一種「可能」，正當物理學家都還在等待驗證「這是真的嗎？」的時候，《紐約時報》卻見獵心喜一個箭步搶先報導，劈頭就嗆：〈Roll over, Einstein?〉（愛因斯坦可以閃邊囉？）此舉引來眾聲撻伐，報社隔天立刻謙卑起來，標題變成：〈After Report on Speed, a Rush of Scrutiny〉（超光速說言之過早），表示實驗尚未成功，同志尚須努力。我在「泛科學」網頁上看到「是微中子比光還快？還是媒體錯誤報導傳播更快？」的轉播新聞時忍不住笑，因為內文置入了閃電俠照片，設計旁白是：「要比光快很簡單啊。」

如果微中子比光速快的話，愛因斯坦的狹義相對論就會有麻煩。不過，幾個月後，醫師兄轉寄了另一篇新聞，很好心把新聞以白話文簡述之：「沒有超光速的微中子，因為他們有根光纖沒鎖緊」，意思是要踢愛因斯坦的館，還早。沒有說的是，從錯誤裡假設的真實若被證實是錯誤的，科學家也會坦然接受那樣的逆轉，明天開始毫無懸念從另外一個方向出發，這是令人羨慕的坦然。在愛裡，在信仰與生活裡，要做到這一點多麼困難。

即便科學是許多錯誤中積累的成就，科學本身是一種不斷追求「啊哈！」開天眼式經驗的歷程。

驚喜也許是詩意而美好的，好比說科學家終於藉由鬼鬼祟祟的小粒子而找到解釋太陽會發光的原因，原始人終於發現火而能夠享用香酥ＢＢＱ，或者被邱比特一箭穿心倏然發現自己愛上眼前的人，這些電光石火的剎那也許能讓人心花怒放，但是我對「驚喜」總是懷有高度戒心，深以為驚喜極可能也會一個踉蹌就淪為讓人驚聲尖叫的過程……。

尤其是「驚喜」趴，一開門一群人高喊「Surprise!」並且期待你露出驚喜表情的那種，我常常演內心戲，在潛意識裡不斷在練習「原來如此，我好感動」的表情，但是無論怎麼練習都非常囧。

這或許也說明了為什麼我對驚嘆號的使用非常小心，總覺得驚嘆號濃度太高衝擊力太強，用太多會造成閱讀經驗的腦缺氧和顏面肌肉休克。

有時候我會想，也許百無聊賴才是最接近真理的狀態，大家都誤會了。

能夠不需要一直期待「喜出望外」的心境多麼撫慰人心啊。彷彿是，這個世界已經完整了，終於可以不必流淚革命，不必力挽狂瀾，不必去找那把祕密之鑰，門戶洞開，光線充足，一眼能望穿全宇宙。

北國之秋

之一

每年秋天都會有一個禮拜，經過一棵樹或者一條街，突然撞見燦然的金黃或酒紅，顏色極其華麗，像把過去與未來焊接成一片的火焰。

萬聖節前的一場莫名大雪把許多嬌弱的花草提早凍成孤魂野鬼，尤其是那些看起來蓬蓬然，枝葉茂盛，顏色歡暢明亮，陽光一照就拔高數吋，花開得像清倉大放送的那種，越是懂得趁勢而發的，死得越快，幾乎是一瞬間的事。

轉一口氣又繼續活下來的則是不動聲色或特別刁鑽的那種，像綠樹或玫瑰。

大雪過後，有天我在一棵結實纍纍的橡樹下等公車，一顆橡樹子從空中發射，正中我的天靈蓋，另一顆射中我的肩膀，好像在戳我，要我快點借過。

後來我在同一個公車站又等了一回，滿地的橡子都不見了，只剩下蒂的部分，一抬頭看見一隻膽大的松鼠，賊頭賊腦地竄上樹，頭下腳上以一種腦充血的姿勢和我近距離四目相交，也不閃躲，看了我覺得好笑，為了牠的膽量，想在地上找一顆橡子賞給牠，卻一顆都找不著，想必都是在夜黑風高的時候滾進了隱蔽的縫穴、倉庫或肚子裡了。

秋葉和夕陽總相映成輝，宛如手足，幾乎讓人覺得踩在落葉上的聲音，就是碎裂的餘暉。

朋友的母親在一個非常美麗的秋日破曉之前離開了人世。以前我偶爾會見她，這次是訣別了，但是沒有太多傷心的感覺，只覺得她去了一個遙不可及的遠方。面對死亡似乎是要掉眼淚的，可是因為沒有深厚的情感，死亡這件事感覺也只像院子裡的花落，連距離感都談不上，只是覺得不經心。倒是看到她家人的眼淚，讓我覺得相當傷感。傷感的不是死亡這件事，而是從他們的憂傷裡面，讓我輾轉想到了許多讓人深刻憂傷的情緒和片段，生離死別，心碎與惆悵。他們家的小狗沒有生死的意識，每天都精力充沛、興高采烈，先前總是和病人一起睡午覺，不曉得牠的腦海裡會不會偶爾狐疑，為什麼女主人這麼久都沒帶我出門散步了呢？

收到訃聞的同時，一個朋友傳來了婚訊，婚禮訂在隔年春天，場地在布魯克林植物園，春暖花開的時候。朋友要我們在耶誕節前回覆她是否要出席婚宴，我突然想到，不曉得那個時候我身在何方，我想去參加她家鄉的第二場婚宴，然而此時此刻，似乎要承諾也太早。

這樣的秋天，憂傷與快樂就像是這些接連而來的新聞一樣在我體內劇烈拉扯，有的時候很想立定喊停，就此任性逃向某條隱蔽的幽徑，再也不讓人看見，但是季節不饒人，街角發光一樣金碧輝煌的巨樹，似乎一再地提醒我，時候到了、時候到了。

之二

空氣越來越涼，體溫向來比較趨近於爬蟲類的我，俐落的涼鞋與美麗鏤空的高跟鞋已經顯得不切實際，夏天最後的溫度，漸漸都和鞋盒一併收起來了。

我和朋友去康乃爾大學開會，位在深山裡的校園已經一片薄暈的楓紅。頭兩天在康大校園裡的時候，山嵐瀰漫，淒淒的雨絲有一陣沒一陣，濕潤了滿山林色和校園的鐘塔，山不見山陵，塔不見塔端，所有的風景都好像瘦弱的中國山水，漸隱漸淡，飄搖如一張渲染的宣紙。在康大的最後一天是個大晴天，那浩瀚的風景換了一張面貌，頓時朝氣萬千，校園裡面的瀑布和湖泊，清清楚楚地映照出天藍與秋色，美得像一首清脆的歌。

他們都說康大的冬天太悽苦太漫長，又說康大距離這個世界的其他地方太遠太寂寞，但是這秋天的迴光返照，雖然已經偷來了一點冬天薄情的冷風，還是愉悅得讓人自我感覺良好，讓人不好細想生活層面裡那些缺陷與短處。

秋天。北國的秋天總是氣勢磅礴，在奔騰的顏色轉換與落葉蕭瑟中凜冽地刺激你的感官。我家面前薄命的非洲鳳仙，每年都以幼苗的可愛模樣進駐院落的春土，然後在夏天蓬勃得像非洲的豔陽。可惜它們的美麗總是要在這個讓人血液循環不佳的冷天裡凋零——長日將盡，這幾天我已經看見這些鳳仙花受不住涼，閃現讓人傷感的頹敗。夏蟲不能語冰，非洲鳳仙不能言雪，至少在紐約普通人家的院子裡不能。

會後不多久，我們舉辦了一場才氣縱橫、歡樂無限的慶中秋沙龍派對，我才滿足地和朋友說，音樂是如何社交的一種藝術。結果隔日晚上我去紐約蘇活區聽了 Mazzy Star（迷惑之星）前主唱 Hope Sandoval 的表演，突然又覺得以上表述有待商榷。

這位名為「希望」的女歌手有一副不食人間煙火的歌喉，聽她唱歌，感覺像啜飲含著冰砂和薄荷的瑪格利特，又像在黑暗的曠野裡看見整個宇宙的星子；那聲音和旋律，涼爽而清澈，好像可以吹熄你心頭最後一朵焦躁不安的火。

她不喜歡公開演唱，這我是知道的，但是我倒是沒有想到我特地去看了「希望」這場難得的表演，「希望」竟然開唱了十五分鐘之後，因為機器的問題（她不能從耳機聽見自己的聲音），憤而拂袖離去，把我們這群觀眾晾在當場許久。突兀的空檔發生前，有觀眾問她：喜歡紐約嗎？她很反社交地說：我真是他媽的恨死了紐約。這大概是她這個晚上對觀眾講過最長的一句話，第二句最長的話是：謝謝。

這和我對「希望」的想像差距太大，在她那幾乎不老的容顏背後，有一種黑暗的詭譎與不善。我們靠著她的音樂與聲音建構的幻想，當場和現實決裂，就算她後來還是回到了台上，音樂還是空靈得像超越時空的聖歌，有一種不安卻刺傷了原初純粹的美好。這一個聆聽「希望」的晚上，最讓我開心的竟然不是聽見「希望」的現場原音，而是晚餐時候吃的一根墨西哥玉米棒，還有在等待「希望」回到台上時，我背後的搞笑搖滾紐西蘭人對著台上那些表現得不甚了了卻又自鳴得意的長髮樂手大吼一聲：「Come On!!」後面罵得很不客氣，但那一秒我覺得他把我們的心聲都喊了出來。

我感覺這些生活的片段充滿了秋意——那些零星的印地安夏天提供了一種熱情的海市蜃樓，然而冬天幾乎要透進了襪子，像霧，像秋雨，也像那喧嚷的觀眾，空洞地望著台上，等著「希望」回來。

之三

某年的秋天彷彿來得特別的遲緩，薄荷般的涼意從容地從九月走到十月，穿越了中秋，跨過了萬聖節，茂盛的夏天的葉子到十一月還濃密地垂在樹上，零零落落地蕭條、凋零，極盡敷衍了事。

即便如此，冬天已經有了形狀，氣溫一入夜真的是會凍人，不用暖氣來抵擋一下真的不行，那種熟悉的乾裂室內空氣又回來了。

這一年走到這個時候，無論是視覺上豐盈的風景，或者感官上親切的氣溫都在快步消退，彷彿一截燃到末端的火柴，再差一厘米就要灼手並且熄滅。相反地，我緊繃的情緒在這樣蕭瑟的天氣裡，卻劍拔弩張簡直要爆出火光。

接連兩天晚上，我走在深夜校園裡，無意間抬頭看到橘黃的路燈下，那些已經褪成金黃或橙色的樹葉偎在光暈之中，層層疊疊，顯得又美麗又驕貴。我多麼希望時間突然定格在那個驚歎的剎那，讓這個世界保持著一種金碧輝煌的狀態，然後我還可以從容地走開，把心情整理好，再從容地鑽回這個美好的片刻。可是啊，時光嘩嘩地流過，我既無法凝結那漂亮的一秒，相對地也不能游回它身邊。我只能，如同所有平凡的人類，順流而下，面對明日和明日的葉落。

之四

秋天，一切都失重般急速下墜，時間和生活，好像風中的殘紅，一吹就空了。

這個時節最怕風雨，只要幾場風雨撻伐，原本豐潤的樹影，只消幾個晚上就顯得清瘦，不久，鬆脫的葉子墜到地面，上下逆轉，樹枝反而像樹根，乾乾地靠在天際線上，有種說不出的渴。

紐約下州的秋葉偏黃，自有其風情。那些純金黃脆的色澤，好像剛烤乾的菸葉，特別的酥，顏色亮得像凝結的陽光，有種神經質的美豔。

上學途中遇雨，地上鋪滿了金色落葉，那種決絕的美，和春天那種一切都向上發展，充滿許諾的風景是兩個極端。少雨的時候，滿地落葉乾成厚厚一層銅鏽色的毯，風吹起來浪一樣，發出虛浮的嘩嘩聲，像無人小鎮的寂寞，可有可無地刮過地表，高高堆在某個角落，風塵僕僕的。

一晚，紐約洋基隊封王，我在最後十分鐘走進了朋友的愛爾蘭酒吧，趕上那狂歡的時刻，可是整個紐約對洋基封王的反應，其實算是非常冷靜，既沒有萬人空巷，也沒有狂亂的球迷在街上胡搞夜奔，我和朋友兩個臨時起意，去吃了一頓壽司消夜，旁邊坐著好幾個午夜後剛從球場回來的球迷，他們也不過是這樣靜靜地吃了一盤又一盤的壽司，酒吧的人只不過是多灌了幾杯啤酒，就拿起外套回家了，明天還要上班呢。路上的計程車還是這麼的不耐煩，高聲地按喇叭，並沒有致慶的意思。

有稜有角的深秋，若還有餘溫，都變成了從人孔蓋竄出來的白煙，低調而且失焦，提醒路人拉緊外衣，準備好過冬。

之五

只有在北國，才可以看到冬日大規模精光的樹枝，好像葉子每年此時都集體退潮，露出那些夏日樹浪掩蔭中看不見的暗礁。

早晨的時候，社區庭院中的樹總會在綠草坪上流出一棵又一棵漂亮的樹影，好像草坪上倒臥的巨型珊瑚，又好像夾在厚書頁裡容易被遺忘、乾而薄脆的落葉。陽光好的時候，那影子的細紋清晰銳利，這樣骨絡盡出的美，是群葉無條件退讓所成就的。

一日午後，突然出現美麗的陽光與雲彩，我抓著相機和單車出門追逐那光線，那些珊瑚一樣的枯枝，網子一樣攬住濃烈的夕色。路旁那些古老的電線杆，連成一列十字架，好像在替溫暖的天氣寫墓誌銘。

之六

秋日的歌總是有種死生契闊的情調與禪意，比如江淑娜的〈九月〉，比如 Flaming Lips的〈My Cosmic Autumn Rebellion〉，還有 Sophie Zelmani的〈September Tears〉，平和的旋律，觸及死亡的歌詞，卻神奇地唱出一種能夠穿越風雪的力量，讓人覺得安心。

還記得某日酷寒，路上許多萬聖節的裝飾，有人院子裡擺滿 R.I.P. 的假墓碑——然而當時的我少了那麼一點幽默的心情，那些假墓碑與笑開嘴的骷髏，看起來是如此廉價，像青春年少捉襟見肘的舞台表演，因為懵懂，所以把刺骨的人生悲劇演成流水席。

十月底一睜眼就照見紐約的第一場大雪，萬聖節未至，已有鬼魅的氣氛，白雪下覆蓋著尚未死透的嬌媚秋色。此時我想起「強烈衝擊」樂團（Massive Attack）的一首黑暗的歌〈天堂馬戲團〉（Paradise Circus），一開場就是：It's unfortunate that when we feel a storm, we can roll ourselves over 'cause we're uncomfortable.

但是你聽，她唱得如此冷靜，彷彿所有風暴，也不過是雪花玻璃球裡的一場甜美遊戲。

北國的陽光

夏天的時候，太陽直射北半球，北國的白晝總是悠悠長長，如果家裡有一扇天窗，那陽光總是又直又挺，非常結實地熨過行經之處。要是那天窗下再擺一盆植物，那枝葉看起來就像舉著雙手雙腳歡呼，看起來異常挺拔，歡天喜地的樣子。

北國的天窗在冬天就喪失了那種開朗的精神，不只是因為晝短夜長，而是太陽照射的角度非常斜，像一把拆信的刀，扁扁地掃過地面，所以天窗引進來的光線看起來總是有點鬱鬱寡歡，霧霧的，反而比較像影子。放在天窗下的植物因此顯得無精打采，怎麼看都有些駝駝的，只能把它移到陽光比較茂盛的窗邊，可是這麼一來，植物的枝葉就會飢渴地倒向窗口，看起來像被風颳壞的假髮。因為這個時候的太陽斜，所以天氣好的時候，面對太陽的窗子，總會有一段延展得老長的陽光，像金色蟬翼的地毯，很不害臊地一路鋪到隨便人家屋裡的最深處。

向晚的北國冬天，在陽光迅速地收進地平面之後，總會籠罩著一片奇妙的藍光，我總覺得天氣愈冷，藍光愈是明顯，色澤讓人想到南極藍色冰山，感覺非常的寧靜純潔

（不過也有可能是在此時，人多半窩在家裡享受溫暖，產生與世無爭的幻覺罷了）。冬天走在路上，轉瞬即逝的藍光，不免有蕭條的味道，因為太陽總是去得太急，而黑夜又來得太快。夏天的傍晚就沒有這種憂鬱的藍，就算太陽已經消失了很久，天空還是會持續發亮，可能吃完晚餐上了甜點都還亮著，非常安撫人心，因為那不離不棄的光明。

元宵的格鬥

馬年春節在外晃蕩，夜裡誤闖北部客家小鎮的元宵特展，小小院子裡每盞花燈都又大又俊，花燈前方貼了「XX社區委員會」、「XX鄉公所」名牌，表示這些燈籠是哪個機構的貢獻。照理來說，既然是XX機構提供的花燈，某種程度上作品必須展現代表機構的創意或心血才是，比如，農會提供白米炸彈客或文青別鬼扯的議題花燈、衛生局提供安全性行為的宣導花燈……諸如此類。

然而，現場只有無數大同小異的駿馬花燈，佐以流行卡通花燈，創意乾燥，啟發性為零，而且根據現場花燈的專業表現判斷，那些機構應該只是掛名，名牌的功能類似廟旁大理石牆刻上善男信女名字，有感謝捐款之意。這些機構齊心協力做的事，恐怕只是在年前打電話給統一的外包廠商：「喂？您好，我們想訂購一個兩尺高的花燈！隨便什麼都好」，一群苦力便如同耶誕工廠裡的小精靈，打著呵欠，沒日沒夜替各大金主趕工交差。

現場的國中小創作特區裡擺放了一些優勝作品，勉強可以看到少許不那麼工廠格式化、抄襲感略淡的作品，儘管如此，某些超齡的精巧骨架設計已經暗示了元宵的世故。

以往台北元宵燈會還在中正紀念堂辦理的時候，中正紀念堂外圍擺滿了陣容堅強的企業捐助花燈，行銷能力堅強的企業搞出來的燈籠花車八仙過海，有七彩霓虹燈還能噴射乾冰，花車上的造型人物不但能發光還能雀躍移動，靈活得簡直要飛上天。

小學時，所謂的元宵節就是技藝的格鬥節，因為學校總是下令要求每班都生產一個代表燈籠，這個行政命令將啟動一連串的團體競技，全班幾十個同學必須分組經歷初步鬥爭，選出一個代表班級的模範燈籠，此後這個燈籠必須再與同年級的其他班燈競爭，最後脫穎而出的就能代表學校出外比賽，最高榮譽可能是……天哪，和中正紀念堂那些高級飛天花燈一起接受民眾的膜拜。

為了那最高榮譽，我還記得，同學們是如何作弊的。

那時候是中年級吧，所有的孩子回家之後紛紛請家長「幫忙」他們做花燈，所以嚴格說起來，那根本不是兒童的花燈競賽，而是社會人士的花燈競賽。

回家後我也央求我老爹替我想個法子做花燈，我爹出於與我同源的散仙性格，拍胸脯答應幫我搭個燈架，他沒有像別人一樣去文具店花十元買細竹條，只走進臥房從衣櫥裡取來兩副鐵絲衣架，接著善用這兩副衣架，幫我拗出一個除了醜，沒有其他形容詞足以匹配的金魚，雖然他號稱那是金魚，但實際上看起來更像受到嚴重擠壓的哆啦A夢頭顱，或憤怒的鮟鱇魚，總之造型看起來不是很愉快。我還記得自己滿腹狐疑地替這隻魚怪糊上玻璃紙，用濕抹布擦玻璃紙讓它綳得啵兒亮，滿足於「玻璃紙好平滑」的成就感，便踩著天真的步伐回學校交作業了。

當然，我的天真旋即遭到現實的坦克來回輾壓而灰飛煙滅。

班上同學拿出來的燈籠，尤其是那些家裡面是做木工的孩子，他們拿出來的燈籠專業到可以立刻放到IKEA上架販售。有兩名孩子拿出來的燈籠簡直媲美金閣寺，散發三島由紀夫式的神聖光輝，到現在我依然還記得木片上的精美雕花，此等超乎我智力的美麗對當時的我來說真是震撼教育。

後來遇到了馬年，老師讓我們分組競賽，我福至心靈，率領我的組員在頂樓違建裡閉門造車，造出一輛小巧的南瓜馬車，雖然名稱有切合主題的「馬」字，但其實主角是南瓜，還蠻符合我總是誤入歧途的行事風格。

成果發表那天，其他三組都做出同人一樣高的祥雲獻瑞駿馬花燈，我們這組的南瓜馬車蹲在三匹駿馬的馬蹄旁邊，寒酸得像顆爛掉的橘子。全班舉手投票選出可以代表班級出去競賽的代表作，我的南瓜燈大概只獲得三票。可惡，連我的組員都跑票。

那一屆的花燈競賽，幾乎每一班，應該說，全校交出來的代表作都是駿馬，一字排開像徐悲鴻的駿馬圖，或者成吉思汗軍團的馬廄。我有點不服氣，馬年為什麼一定要做馬呢？做個馬蓋先或馬桶也好啊。但在千軍萬馬的強大主流底下，隨波逐流向來不需要解釋就能理所當然。

現在台灣的地方政府機關每年都要絞盡腦汁做出巧妙的小燈籠分送民眾，此後又逢馬年，我走在某條小巷，看見一名小童喜洋洋地拿著台北市發送的旋轉木馬燈籠在自家門口兜轉，煞是可愛，好個 merry-go-round。

我和這位小童差不多年紀的時候，曾端坐在老爹肩上去廟裡看花燈，坐在自己的父親肩上看花燈有一種天下太平的心安理得，然而在此之前我聽過一則童話故事，故事裡的小孩因為看花燈看得太入迷，被壞人給拐走了，坐在陌生人的肩上都不曉得。兒時的我一直很害怕這種事發生在自己身上，所以總是一方面感覺愉快，一方面杞人憂天地擔心這種愉快不太靠譜，頻頻檢查自己的爸爸真的是自己的爸爸。

元宵是少數充滿激烈視覺競技的節慶，意義不僅是區區幾顆Q彈的湯圓；它有強烈的戰鬥性，像鹽水蜂炮那樣的戰鬥性。想起來，也只有元宵，可以將那些甘願或不情願的明爭暗鬥包裝得如此討喜。

在那些燈亮起來之前，需要經過多少格鬥，也因此，永遠夾藏著官僚、歡樂或心碎的成分。

3

吸菸的拳擊手

土地公的帝寶與嬌妻

台灣的土地公有點類似神界的地方官，聽起來很神，但實際上比較接近里長伯的角色，任何雞毛蒜皮喬不攏的願望都可以向土地公申訴，據說內湖科學園區的土地公還能保佑工程師的工作不會出包（bug），由此可見土地公管轄範圍的龐雜。

在民俗文化中，菩薩或媽祖的等級如果是CEO，土地公就有點類似於業務人員，和地方民眾麻吉麻吉的，是相當具有親和力的神，客家文化中土地公（福德正神）又稱「伯公」——俗眾竟然可以公然和土地公攀親帶故，顯見「伯公」與平民百姓有多親暱。

美濃的伯公壇高達四百座，早期的伯公壇根本沒有廟，也沒有安金身，只是放一塊石碑，後面圍一圈巨無霸頸枕似的壇座（化胎），壇後有樹有石，通天地之氣。阮義忠的《人與土地》攝影集中收錄了一張〈美濃的伯公壇〉（1982）攝影，照片裡一群穿著汗衫的居民脫了鞋坐在壇座上閒聊，是村裡的尋常風景。我們家附近的伯公壇都替伯公安了小廟，但是小廟造型清淡簡約，大人時時在伯公的巨大頸枕邊上閒話家常，定時上香請伯公「罩一下」，兒時我們總是在那巨大頸枕似的壇座爬上爬下，壇座偶爾被村民借來當作曬毛巾、曬菜乾的平台，伯公感覺真的像住在附近親切的大叔，讓我們騎到頭上也無所謂。

到底「伯公」和他的街坊鄰居有多交心呢？我曾經在某間伯公廟裡看見供品小碟上擺的是一包檳榔、一包「新樂園」香菸，還有一把帶殼花生，另附上打火機，十分貼心。據說美濃有位土地公某年生日，地方民眾擲筊請示「伯公」祝壽方案，方案有兩個，一是演布袋戲一個禮拜，二是請脫衣舞秀來跳一晚。結果，布袋戲方案獲得怒筊拒絕，脫衣舞秀方案成功出線，伯公生日，雞犬升天，大家都笑呵呵。

佛家講的神，實際上都是個人心性與修行的投影。早期的土地公廟經常只是路邊一尊泥像，藏在樹底下或極簡的小亭內，是地方風景中可愛的點綴。現代的土地公廟越蓋越大，似乎和現代人心的不安全感成正比，也忠誠地顯現出世俗人間的社會性格。我們家附近不同轄區的土地公近年來有嚴重的炫富趨勢，動不動就託夢給廟裡面的管理委員，要求翻新廟宇，好像突然之間所有的土地公都再也不能滿足於小小住所的溫馨，而非得把自家擴增成帝寶。

許多的廟宇翻新也不是真的翻新，他們通常花大把銀子直接從外地買一座廟的「殼」，用卡車載過來就算更新完成，幾乎和戴上一頂新的安全帽一樣方便，廟「殼」

多半雕龍畫鳳、色彩俗豔，有鑼鼓喧囂之感，已經和早年低調得像泥土一樣的伯公文化脫節。屏東鄉間的大路邊，偶爾可以看見大大小小待價而沽的廟「殼」，頗有預售屋的陣仗，只等哪處的人家土地宮忽然寄居蟹之魂上身，託夢要求換屋，這些預售廟就能脫胎換骨，真正的「有神」了。

邱坤良的《南方澳大戲院興亡史》收錄〈金媽祖的故鄉〉和〈少年來福造神事件〉二文，活靈活現描述了台灣民俗神話的政治角力，雖然許多段落讓我讀得捧腹，但我也在那戲劇化的幽默寫實中體會到難以言述的淡淡哀愁。依照民俗趨勢，美濃土地公神像與廟宇恐怕也只能遁入人性欲望的輪迴，不斷不斷升級，直到最後就像蘇澳南天宮的純金媽祖一樣，神明終於尊貴到必須隔離保護，另外架上幾個監控攝影機，人們前往朝拜的時候，再也無法輕鬆愉快，而必須帶著探監似的焦慮。

不僅炫富，近年來美濃的土地公們似乎也競相談起了黃昏之戀，紛紛加入寂寞芳心俱樂部，託夢表示需要娶老婆。距離我們家不遠處的一座土地公廟委員會於是慎重其事、一路依照古禮吹著嗩吶遊街迎來一座鍍金土地婆。土地婆入廟之後，為了公平起見，廟方擲筊請土地公坐旁邊一點，好讓夫妻倆同坐正中央，沒想到土地公怎麼都不答應，執意要坐中間，土地婆只能委屈地坐在相當大男人的土地公右側，奴婢似的，村民於是不懷好意竊竊私語，笑說土地公預留左側空位，大概是想娶小老婆吧。

土地公的種種願望顯然和父權社會的男性美夢無縫接軌，假使「伯公」再年輕一點，恐怕就會連環託夢給廟方，請韓國少女團體集體來祝壽吧！

而我相信村民也會極盡所能地跨海達成土地公的願望，以神之名。

賭徒的春秋大夢

賭徒最讓人佩服之處在於他們鍥而不捨的恆心——即使大部分的時候，或一直以來都必須忍受失望，他們仍願意在風中追捕那縹緲的致富機運，孤注一擲、千擲、萬擲。

抱著發財夢的人還有一個不可忽略的優點：他們深諳自我安慰的精髓。每隔一段時間，老爹總會試圖以科學兼禪學的角度指出：報導說中樂透的人六年內就會把錢花光，重新歸零。言外之意是，有中和沒中是一樣的，富翁和窮鬼終究會殊途同歸。

我拒絕相信這個事實，並認為只要中了大樂透，我就能從此過著超積極的人生，變成全人類的楷模——在此懇請幸運之神賜與我證明的機會。

包子老爹定期買樂透，在橫財運極差的吾家，自然是從未受幸運之神眷顧，或許可以歸咎於吾家傳說中的財位長時間都堆放紙類回收的垃圾。

我的ＯＧ叔叔也買樂透，過年更是要誠心誠意地買。ＯＧ尤其屬於那種「想太多」的買客，殷殷囑咐女兒如果幸運中獎「千萬不要尖叫」，以免遭忌，感覺就像作家還沒成名，已煩惱簽名會簽到手痠的問題。不但如此，ＯＧ買樂透時為了明哲保身，每每特地「把帽緣壓低」，要進彩券行之前，亦謹慎地把車停在遙遠的街外，消滅彩券行任何身分辨識的機會。神神祕祕買完彩券之後，回到家還要搥著手心懊惱：噯呀，買彩券的時候「忘記喬裝成外地人」，講的是在地人的客家話，那到時候中獎豈不是太容易被人肉搜索了嗎？

當然，ＯＧ的深思熟慮有所依據——鄰里間相傳，阿嬤家後面那戶是大樂透得主，所以後面人家「黑影幢幢」，不斷有黑社會來「關照」，企圖分食一杯羹，逼得鄰居只得到廟裡的神像前發毒誓，如果有，出門就被車撞，證明自己真的沒有橫財。一個人沒有中獎有煩惱，真要是中了獎，煩惱也不會少哇。

荖濃溪的高美大橋旁有好幾座龜殼一樣的小丘，以名字最威猛的獅型頂最知名。美濃人慣於在過年時至獅型頂登高望遠，吾家多半在初一、初二早上前往報到。站在獅子頭上，可以從織布一樣美麗的田野中遙指吾家屋頂。如今，這片田野上的屋頂越來越多，許多都市人為了一圓解甲歸田的美夢，紛紛到鄉間種起了別墅。

山丘上有座小廟，這些年來，廟和周邊設施越蓋越華麗，獅型頂山坡也越來越禿，全拜善男信女的寵溺之賜。如今騎單車穿越田間，遠遠看見的獅型頂彷彿壓力過大，禿得很大一片，原生植栽的自然髮線被砍得越來越後退，改種一些人們心目中合宜的矮小景觀花草。

每年過年期間台灣電視台皆會輪番報導「搶頭香」、「發錢母」這種利益薰心的新聞，畫面中的香客看起來和亞馬遜河的食人魚無異，有種求財爪牙銳利無比的凶狠臉；平時要是在這些人的狠勁中翻船，定然屍骨無存。獅型頂趕流行，也在大殿不遠處新建的小土地公廟開放「發財金」的借貸，對廟方來說，這是穩賺不賠的生意，土地「伯公」一次借款台幣六百，限期一年還清，有賺錢的借款人當然懂得加倍奉還，廟方一年後回收的金額，就連世界上最高明的高利貸組織和最邪惡的銀行都難以望其項背。

自然，我那勤勞買樂透的ＯＧ叔叔和老爹，為了那風中飄搖的美夢，也結伴在獅型頂的土地公廟擲筊詢問土地伯公借錢母的意願。燃香後，ＯＧ發願，如果中樂透，願意捐一半給土地公，土地公很阿莎力給了他好幾個聖筊，慨然允諾借他六百，讓他投資樂透。

我爹也持香向土地公請願，表示中樂透之後要以我阿公的名字成立文教基金會，替他的母校蓋圖書館，擲筊結果是一連串的呵、呵、呵，土地公非常委婉地用笑杯告訴老爹他做的是春秋大夢。

啊，連神明都知道當文青是賠本生意。

後來，ＯＧ拿著土地公加持贊助的六百塊出門買樂透，我阿嬤站在禾埕邊相送，聽聞兒子要去買彩券，便和煦地綻放慈母貌，笑容可掬地附和說：啊哈哈，如果中了「一百萬」就可以享福了，那就太好了呀——我只能說阿嬤住純樸鄉下太久了，價值系統有點當機，一百萬請全村的人吃粄條可能就損失慘重，剩下的只能種一畝菜吧。不過，這卻也說明了知足常樂的道理。我想輕輕按著阿嬤的肩膀說：您真可愛。

美濃過年期間，除了早晨到獅型頂一遊，我們家晚餐飯後亦常至田間散步。

此時，田間小路往往籠罩在黑藍的夜色裡，低調的白色路燈輕輕吐出霧一樣的光暈，果樹、秧苗和紅豆田像繁複的手工地毯，一路延伸到看不見的遠山。

除夕至初二午夜前幾小時，煙火輪流從美濃田野四方的地平線竄起，綻成無數金絲銀線繡成的別致小花，刺在山腳下、屋頂上。沖天炮則像逆行的流星，或沒禮貌的小孩，到處發出驚嘆號一樣尖銳的叫聲。

煙火昂貴，但許多人家或廟宇施放煙火的時間綿長，讓吾家嘆為觀止。看到別人家如此大手筆，ＯＧ瀟灑地表示：咱們家不放煙火，出門看別人放煙火，是勤儉持家的表現。

勤儉持家者也有買樂透的需求，否則吾家也不必年年過年買彩券了。有一年，大樂透累積獎金十四億，OG照例誠心向天祈禱，如果中獎就捐出一半獎金。可惜，老天爺的許願訂單和年節的高速公路一樣塞車，與老天利益分配的協商宣告失敗，此後吾家依然只能看別人放煙火。

吾家小孩出奇的清心寡欲，或許是從小零用錢和紅包皆稀薄所培養出來的美德。在全台小朋友快樂拜年並領取一年一度豪華進帳的同時，我爹和OG這對兄弟早早商量好，全面廢止這種（對他們而言）無意義的紅包交換活動。

母親大人那邊的親戚雖有發紅包的誠意，孩子們也百分百欣然接受，但我方家長總要和對方推來讓去八百次，上演奇怪的拋接秀；明明已經順利納入口袋的紅包，經常有不翼而飛的危險，被我方家長執意掏出繳回，客氣曰：「不用！不用！」我舅公為了成功塞紅包給小孩，還曾以牛仔之姿肉身擋住吾家車頭，阻止我方逃逸，讓孩子們十分困惑。

後來這些紅包終究都被充公，永遠消失在百慕達三角洲。也許如此，吾家小孩似乎比大人們更早就領悟：天外飛來之財永遠比你期待的還遙遠。

美濃老家在水圳小橋旁，這座小橋改了好幾次名字，哪一位民代出錢修橋，橋的名字就換成他的。我從來無法正確叫出這座橋的小名，但它象徵了通往回家的路，也連結了一個遙遠的魔幻場景。這座民代橋的橋頭早年曾有一閒置空屋，過年時經常成為臨時聚賭的場所。小時候過年，我經常走到這裡，試圖從門口層層的圍觀者背影中窺得端倪。賭場永遠比想像中安靜，偶爾穿插著低沉的術語、警告，朦朧而厚重的氣氛從圍觀的大人腿縫間穿透而出，我隱約看見地上擺了許多花花綠綠的紙條，場內外許多陌生人露出肅穆的神情，彷彿在圍觀悲劇。

聚賭最怕碰到警察，當有人警醒地喊：「警察來欸！」圍觀者流竄的身手好比奧運選手，近乎飛簷走壁。後來，在街邊臨時架一盞燈即開賭的地方在政府的監視中散去，像化身為人的狐狸，不再輕易現形。橋邊那間小小的「過年限定」賭場，恢復成一間尋常的理髮廳。

幼時，家人在除夕夜玩賭大小，由姑姑做莊，賭資是一元硬幣。有時感覺福至心靈，只敢在某些點數上多押兩三元，如此便已十分緊張；若有膽大的小孩下注十元或更多，還要大感震驚。當時我們哪知道有人過年聚賭，一夜之間就把家給敗光了。比起來，孩子們更在乎的是能夠成功地除夕守夜，並把它視為凱撒攻占羅馬那樣隆重的事。那是銅板和熬夜都盛大光輝的年代。

如此的純真，我覺得還一直保存在過年點燃炮竹煙火後，引信嘶嘶作響，有煙騰起，手拿一支香的人愉快地跑開，等待著什麼的那一剎那。

大嬸了沒

無論走到哪裡，城裡總會看見許多獨立經營的大嬸服飾專賣店，它們的特色是永恆地與潮流脫勾，屬於大嬸的小宇宙在那裡靜靜地運轉，年復一年複製使人安心的高遮蔽功能版型，一如婦女們集體在中短燙髮的髮型中找到歸屬。

在店內浩瀚的保守陳列中，珠花與亮片，亮彩與荷葉邊替陳腔濫調的時裝爭取到許多小小突破，這些婉轉的個性展現與誇張的折扣聯合催情，使婦女們衝動（但自以為精明地）買下訂價過高的衣物，在狹窄的冷氣房裡感覺華貴，感覺獵捕到一種類似舶來品或獨立自主的情懷。

這些永恆的大嬸服飾專賣店向來門可羅雀，儘管門口經常出現巨大的拍賣字眼。我從不明白它們如何能夠支付得起冷氣和租金，當四周的小吃店兵敗如山倒，小本經營的商家與翻漲的房租揮汗搏鬥，連街巷間的私人ＳＰＡ護膚美甲會館也經營得如履薄冰之際，大嬸服飾店內雍容的毛領、神情高傲臉頰凹陷的塑膠洋模特兒，卻能熬過世事滄桑海枯石爛，處於時光凝結的不敗之地，永遠那樣好整以暇，好像隨便活一活也不講求養生，默默就活成了人瑞。

當然，大嬸服飾店並不希罕像我這樣路過探頭探腦的無聊人士，後來我才明白，這些店家就像地方軍閥一樣，各自培訓了忠心耿耿的鄰里主顧部隊，靠著無邊無際的問候、狀似姊妹情深的金蘭結盟，老鼠會一樣蒐集了一群定期來噓寒問暖「捧場」的女人，有了忠貞澆灌，場子便像在沙漠中隆起的拉斯維加斯，被捧了起來。

這些大嬸不像市場買貨的那些人倉促，市場的客人扯下懸掛在青菜豬肉中間的二九九成衣殺價包一包付錢的過程特別有效率，主要是擔憂拖太久剛買的新鮮蛤蠣就要悶壞；他們也不像百貨公司亂槍打鳥夢遊型的貴婦，貴婦們蒐集的是響亮的品牌，還有一種質料在指尖摸起來「真的是好」的祕密觸感，那是經年累月的血拚換來的評鑑力，更何況百貨公司只能在商言商，那些說要幫你修眉型、送你防皺眼膜的人，利益輸送的意圖太明顯。大嬸服飾店是這兩種購物方式去蕪存菁的總合。

李渝精采內斂的〈九重葛〉短篇故事中有一家雜貨店，最能呼應大嬸服飾店的奧義，其功能介於公私之間的灰色地帶，有點像塔台，專門接收聽眾爆料或 call in 點播憂傷情歌的那種，買醬油買線衫都不是重點，大嬸們攜手來到一地，相濡以沫互相較勁，為此感到巨大，汲取操控的力量，為了這種意義，大嬸服飾店很難倒閉。

大嬸特別享受「彼此交換祕密」的快感，彷彿祕密可以換得友情，我經常看到身邊明明交情不深的大嬸們，他們莫名在某種天時地利人和的時空下，突然像炸開的潘朵拉盒子，猛烈交換彼此深層的祕密，並且在過程當中獲得一種酣暢的、惺惺相惜的短暫幻覺。大嬸服飾店提供的就是那個平行世界的魔幻時空。然而離開了那個時空，他們或許很快就為了極其渺小的事情互相憎恨了起來。

因為這些大嬸服飾店的存在，我漸漸領悟到大嬸是一種形容詞，大嬸若大嬸得可愛並不討人厭，問題只出在於有更多大嬸大嬸得很陰沉。他們像多毛的海底軟體動物伸出觸角蠕蠕地刺探著，在看不見的時刻出沒在某些角落，成群結黨，在皺摺間藏了刺人碎語和過分的自負或天真。

有些人年紀輕輕就活成了大嬸，有些男人聲音低沉腳毛很多但還是徹徹底底的大嬸，你看我們現在的報章雜誌，絕大多數都是非比尋常之大嬸的了。

吸菸的拳擊手

傑瑞是某個夏日連續兩個禮拜幾乎天天來我住所後院修補後牆的愛爾蘭工人，和他搭檔的是一位來自英國威爾斯的工人戴夫。

傑瑞大概五十多歲，害羞而且不善言詞，有時候我甚至覺得他腦袋魯鈍，可是為了某些原因，這兩個工匠之中我特別喜歡他，因為他不是個聰明人，所以他的嘴從來不違背他的心，直率，而且難以說謊，我覺得他非常可愛。

美國的愛爾蘭移民崇尚拳擊運動，這個運動幾乎牽動著民族榮辱的敏感神經，因為愛爾蘭拳擊手曾經在美國長期立於不敗之地。傑瑞年輕的時候是中量級的拳擊手，每次看到他，老是會想到上個世紀的愛爾蘭裔拳擊明星，他們酷愛把看起來像衛生褲的緊身褲拉到肚臍眼上面，同手同腳擺出戰鬥姿勢，讓人不免想到《岸上風雲》（*On The Waterfront*）電影裡活得血跡斑斑的新移民。

從拳擊退休以後，傑瑞改行當建築工，專長是修砌磚石。他每天十點半上床睡覺，早上五點半起床，從八點半左右開始上工，下午約三點之前就會收工。和許多愛爾蘭人一樣，喜歡喝個一兩杯，甚至一早就喝。他抽很多菸，抽菸的手勢很特別，手掌向上，用中指和拇指捏住菸屁股，露出意味深長的表情。他這特別的抽菸手勢洩漏出他是愛爾蘭人的故事，因為愛爾蘭風大，手心向上拿菸的手勢，可以防風。他每次都抽到菸頭幾乎要從指尖消失才把菸丟掉。

每回我探出窗口，通常只看見傑瑞在辛勤工作，至於那位相對油條，喜歡套交情，嘴巴比較厲害的戴夫，每次我探頭出去觀望的時候，十之有八九都是在休息。我因此不能不偏袒傑瑞，因為他竟然有這樣一位花拳繡腿的夥伴，我很替他抱不平。而且，顯然傑瑞的技術比戴夫高超許多——戴夫雖然說得一口好話，可是通常只是說得好聽而已，他上工的模樣只讓人感到他的心早已經下工，平常喜歡炫耀自己的積蓄（他說，我有積架你知道嗎？他還說自己有個度假的別墅，老婆在銀行是上層經理），然而一旦被發現自己的工作沒有做徹底，他又會把自己貶低，說：我們是工人，可不是藝術家。

我倒是覺得傑瑞的技術，已經是一種無庸置疑的藝術。每一種用經驗支撐起來的技藝，做到某種程度，就有讓人感動的魔力。

那天，傑瑞在後院替後牆補上一層染成梅子粉顏色的水泥，戴夫照例只是做些鏟水泥之類的小差。傑瑞努力了老半天，臉上都沾上了顏色，這個時候戴夫還要來碎嘴，說：「傑瑞，你今天晚上要紅得像印地安人了。」那個時候，我覺得戴夫很煩。

也許是因為種種讓我私心偏愛的緣由，我覺得傑瑞一口厚重的愛爾蘭口音也非常可愛。他總是稱呼我dear，而我就突然覺得跟他親近了起來，儘管我們並不常對話，而且我每次要拿水給他，他總是習慣客套推辭，說：別擔心我。

我想，傑瑞最吸引我的地方，是他自然散發出來的故事性，他從來不炫耀，但是從他口中聽來的瑣事，總讓人覺得他經常受人占便宜，因而特別讓人想要保護他。然而，他可曾經是個不折不扣的拳擊手，一個必須在台上用拳頭把對手擊倒的拳擊手！

修牆之事過了兩年，傑瑞的身影早就像被愛爾蘭的風給吹到很遠的地方，還陰天起霧，早已不知去向。怎料到某日突然聽到一則悲傷的消息：傑瑞耶誕節前因為菸蒂引起的火災意外，葬身於窩居的公寓。

據說他住的地方是房東非法改建的地下室隔間客房，沒有逃生口。聽說傑瑞原本已經逃出現場，但是為了搶救一些現金，回頭進去，從此沒有出來。

我特別感到哀傷的是，他一生菸不離手，最後也是那指尖的一點火星送他離開世間，而他要挽救的現金金額照理說也不到賣命的程度——否則也不會住在那樣窘困的地下室了。

我說啊，傑瑞，傻人怎麼沒有傻福呢？

巨大的麻將

一個再尋常不過的夜晚，小僑參加了一場美國老僑的歡送會，要離開的人借用另一名老僑偌大的住宅，煮了一桌台式好菜宴客，飯後四人坐上麻將桌，嘈嘈打了一個晚上的牌。

老僑是一群移民到美國的時間久到天荒地老，已然安家立業的人。這群人已經藉由各種不同名目一起吃過許多次飯，每一次都忠實地拍照留念；飯局與相片，如淙淙光陰裡乾燥突起的石塊，方便指認，供人渡河，並安穩地陳列苔痕似的笑靨，使人感覺踏實。

一進屋這群老僑便積極宣傳、打聽這棟大房子的房價；有人說八十萬美金，他們直嚷嚷說這麼大的房子這樣真是便宜，主人謙虛，連忙說哪有你們厲害，彼此接連開了幾個不著邊際的貧弱玩笑，像冰涼的擺盤小菜。

這房子也真的大，空蕩蕩的地方讓小孩子溜冰沒問題，廚房裡的中央料理台大得可以在上面跳雙人踢踏舞。主人是單親爸爸，已經入籍美國二十年有了吧？鍛鍊得相當圓融的美式健談風格與手勢中，保留了壓抑過的商場疲態與亞洲矜持。他小學的兒子從頭到尾沒有出來見客，偶爾在房間裡困獸般大吼大叫，要爸爸把菜送進去給他。

吃完飯，幾個人牌癮來了，一名客人特地回家拿來美國尺寸的麻將，不但牌大，骰子更大，但竟然沒有附牌尺。體貼的主人於是退入屋子的深處，摸呀摸地摸出一組牌尺，他歉然地說，剛好家裡只有牌尺，沒有麻將，可能是前妻搬家的時候把牌拿走，只留下了尺。正常長度的牌尺擱在美國尺寸的麻將牆旁，短了一大截。

過去，老僑藉由蒐集台灣綜藝節目與連續劇的錄影帶出租店平息自己的鄉愁，現在有神通廣大的網路與衛星之後不用那麼麻煩了。沒有打麻將的幾個人，吃完飯即窩在麻將桌旁的客廳沙發上，集體面對超大液晶電視，電視播放的是台灣電視節目，吃飽飯剛好播映「康熙來了」，接著是一部不太熱門的連續劇，但大家就這樣將就地看著，不那麼掛心的娛樂最好，如果不是主人和一名客人說話時透露出的美國口音、略顯唐突的語法和散亂的中英夾雜，這個在美國的家，其實非常台灣。

小僑坐在客廳，聽一群常駐美國的女子遙控台灣的娛樂新聞，有一搭沒一搭地批評哪位女星惹人厭，或者女星面容與星運的小道消息。批評公眾人物的長相和命運，是社交場合中最無害的一種對話，反正公眾人物與庶民生活距離太遙遠，討論他們就像討論星星月亮一樣。這樣子的對話最簡單，但也最無延展性，許多碎裂的、了無意義的評論就像風中的紙屑，忽起忽落。仔細聽，不難發現這些人喜歡討論的主題只有兩樣：賺錢、消費，其餘的一切都和這兩者有關，彷彿某種奇幻的煉金術。

小僑討厭在人家家中作客的時候，電視喧鬧地開著，好像人與人之間的交流不夠分量，需要藝人在螢幕前替你炒熱氣氛。實際上也確實如此，客廳裡所有人除了看電視，還拿著手機忙著上網，人人看起來同時做很多事，但是沒有人關心彼此。一名總是表情空白的孕婦問了小僑一些很直白、類似身家調查的問題，讓人想到逢年過節必須應付的親戚，表面上他們總是想知道的太多，但實際上他們對人的理解意願總是太薄。小僑看著她的臉，越看越像某個大量出書但內容空洞重複的暢銷寫手，或者《神隱少女》中那個無臉男，因此幻想她將會變成怎麼樣的一個母親，而她即將出世的女兒又將會在她的孕育下變成什麼樣的人。

人的一生如果就是為了要鞏固這樣一個空蕩蕩的房子，一屋子看電視、看電腦、看手機看到眼睛發癡的人，還有可以湊足四個人嘩啦嘩啦打一輪東西南北風麻將的消遣，真讓人有種所為何來之感。在國籍與故鄉意義的轉換之間，老僑並不是沒有想過所為何來這件事，但是他們不願意想得太深，他們心中都有一個象徵成功的聖杯，這個聖杯已經占據了思緒大部分的位置，在獲得聖杯的路上，多愁善感是不合時宜的。

聚會的最後，大家吃了幾片年糕就各自散去。在眾人笑盈盈的臉上，小僑想找尋一種真摯的情感，卻不得要領。也許在多數的老僑心裡，美國夢就是一場方城之役，與四方而來的賭客合聚丟一把命運的骰子，希望用最快最漂亮的方式領先，胡一把。

小僑經常想起那過大的麻將牌還有過短的牌尺。

離開的時候，象徵著某種實現的大洋房，燈火滿溢，人去樓空。

流浪漢

胡晴舫在《濫情者》的〈飢餓〉這篇文章中提到，她的朋友已經不相信世界上還有真正的乞丐，而正因為現代人太聰明，太世故，「值得擔憂的，並不是這個世界上還有人在挨餓，而是那個饜足的人已經失去對飢餓的同情。」

可是，我曾在紐約34街聽到一名女流浪漢憤怒地在路口乾啞地大聲嚷嚷：「別以為當流浪漢有那麼容易！」用的是反諷句法。我從她的表白裡面聽到了一種毫不虛假的飢餓。

這個世界上流浪漢出沒的地方非常規律，好像流浪漢每天起床也都要像企業董事長一樣攤開地圖，用筆圈出預估營業額最高的地點，避開市場重複地區（很少看到流浪漢兩兩相依），計算投資報酬率，繼而拖起家當前往最有前景的地段坐下乞討，用慘澹的明天押注今日的餐飽。

紐約經過朱利安尼的鐵腕政策，流浪漢銳減，聽人家說是因為市政府都強迫流浪漢去幹零工去了，地鐵站裡頭經常可見要人檢舉流浪漢的海報，海報上文字的訊息介於溫情與鐵血之間，文字硬度卡在都市人考慮要不要對流浪漢的麥當勞紙杯丟銅板的那片灰色地帶。如果流浪漢也有存夠什麼旅行的本，我猜他們都移民到舊金山去了吧，舊金山冬天不冷，而且一入夜市中心流浪漢摩肩擦踵，至少無依無靠到那個程度也不寂寞。

曾連續好幾個禮拜，紐約賓州車站往上城區的2、3號地鐵站內都有一位極為骯髒的老翁，以一種絕望的姿勢敞著腿攤坐在月台上，愣愣地盯著自己腳上已經磨破的裹腳布，手裡拿的紙杯老是斜斜地往前傾，露出杯底稀疏的幾枚硬幣。每隔一個禮拜，看到那幾枚硬幣，我就會開始艱難地想像他是怎麼用這幾枚硬幣活過前一個禮拜的，像是這樣拖拖拉拉的活著，簡直和死了一樣。

可是又不是每一個流浪漢都是這樣死了一樣的活著，我在42街拜倫公園和市立圖書館附近看過一位極其乾淨的乞者，他的姿態就好像他只是流浪到紐約來，只是手頭緊了點那樣，旁邊的旅行大背包非常乖巧地偎著他，似乎錢討完了他就要上路了，他非常講究地靜靜吸著一根嶄新的菸，如果不是他那討錢用的紙杯，你會以為他是在賣藝，只是當下看來他什麼才藝也沒在賣，倒是比較像在賣一種流浪的哲學。

舒國治好像說過，西方的乞者和東方乞者不同之處在於，東方的似乎總要以老弱傷殘的姿態去搏取社會的同情，西方的乞者似乎並不需要什麼理由。在某種程度上這樣的觀察似乎有點道理，但是有天下午我在地鐵上碰到了一個並不瞎的瞎乞者，他戴了一副墨鏡，手上拿了一根盲人枴杖，穿梭在各個車廂，可惜他表演天分不佳，拿了枴杖不用，在人群之中穿梭自如，他如果沒有聲納系統或者練了什麼功夫，他是要如何在這麼狹隘的車廂空間裡花蝴蝶般穿梭如風？明眼人都看得出來眼盲只是他的障眼法，也許他的墨鏡只是為了掩蓋他的害羞，但是他這個拙劣的假裝還真是不害臊啊。

經過這些討錢流浪漢的時候，我都會暗自懷想，也許這位骯髒的老伯，有一天也會變成另外一個亨利．米勒。不過也許骯髒老伯根本他媽的不在乎誰是亨利．米勒，生命爛到了極點，多一塊銅板就是人生全部的意義。

大鈔不是擦嘴用的

紐約微涼的秋天，我去了布魯克林一趟，重拾久違的社交生活。東道主是熱情的義大利朋友和德裔未婚夫，因為有西西里朋友造訪，所以晚餐的噱頭是「西西里風味餐」，空心麵和烤甜椒好吃極了。

我可愛的義大利朋友和許多紐約的「外國人」一樣，開朗之外，具有廣納百川、勇於嘗試的外向性格，他們對異國文化富有好奇心，非常可愛。實際上，當晚朋友還用大茶壺泡了中式茉莉花茶給大家，窗台上養了一株招財進寶用的盆栽，這些小地方處處顯露出他們的熱情。

西西里風味餐即將準備好的時候，我幫忙擺盤，此時朋友突然拿出了一大疊據說從中國城買來的「美麗餐巾紙」。

我定睛一看，發現這顏色構圖著實熱鬧，狀似「餐巾紙」的東西，其實是……呃，冥紙。

還沒吃飯我就先大大吃了一驚。

那疊紙正中央印了很大一個紅色「壽」字，我這輩子從未如此仔細研究冥紙樣式，這次我必須承認，設計得確頗為花俏。但，有誰能想像自己有一天竟然會在鋪滿冥紙的餐桌上吃義大利麵呢？

於是我很委婉地向開明的國際化友人解釋：這些「餐巾紙」其實是華人拿來燒給神明或好兄弟的「賄款」或「私房錢」。朋友說，可是它們看起來好漂亮啊，而且中國城到處都在賣呢。

我想，朋友可能不曉得中華文化自古以來的「行賄」文化其實跨領域到陰間與天堂，用量頗凶，一個月要燒個兩次，逢年過節更要大燒特燒——我家旁邊的麥當勞初一、十五都會在麥當勞叔叔雕像前燒金紙。這根深柢固的文化飄洋過海，完全沒有「失根的蘭花」困擾，人到國外，燒給神明和好兄弟的「禮數」不能少，福祿壽喜不靠神靠鬼保佑，還能靠誰呀？這些「賄款」當然不能設計得太寒傖。派頭總是要顧到的嘛，面子對華人來說很重要的。

我建議朋友，這些紙可以拿來萬聖節的時候使用。不過下次有華人出現的餐會，可以不必拿出來了。

朋友哈哈一笑，撤走一疊用途有誤的「中式餐巾紙」，問我介不介意留幾張在餐桌上，我反正也沒有顧忌，揮揮手說：你要是想盯著幾張另類的「大鈔」吃飯，別客氣。

於是我們就在一種穿越陰陽界、超級放得開的氣氛下，享用了百味雜陳的一餐。

看在西西里陽光的分上，祝福我們萬壽無疆。

美國墨西哥佬

在加州郊區住宅區路旁看見一名墨西哥人牽著腳踏車走進樹叢，從他後頭跟了過去，這才發現樹叢裡面有個帳篷，原來那是他的棲身之處。

帳篷被重重樹叢遮蔽，隔壁就是條小溪，算是個不錯的紮營地。他肯定是知道後面有人跟著，可是他頭也不回，好像怕一回頭，就將成為無所歸的孤魂。

也只有加州這樣氣候穩定宜人的地方能夠這樣活著。美國大部分境內到了冬天肯定會凍死人的，而且樹葉落光，林間光溜溜的一覽無遺，太難掩護。

在美國遇到的墨西哥人，多半都是辛苦的勞工階級，你所看到所有本地人最不想做的雜事，需要早起熬夜骯髒極度勞動日曬雨淋錙銖必較的，統統他們包辦，比如學校三更半夜清理辦公室和教室的、掃宿舍的、路邊賣水果的還有無數餐廳工廠裡頭的，都是這些個子嬌小，髮色烏黑的墨西哥人。

別人說得沒錯，墨西哥的問題就在於離天堂太遠，又離美國太近。我曾在電視上看到除草機的廣告，幻想發明雷射除草機，咻咻咻自動發射某種雷射光，定時把草皮定時修得乾乾淨淨，我問美國友人，有沒有看過除草機器人呢？美國友人揶揄道，那個牌子叫 Mexican，而且很便宜。

客居之處旁有個巨大的臨時周末市集（聽說不久之後這塊地就會改建成美國千篇一律的乏味大商場），走進去感覺就像台灣的巨型夜市加菜市場，菜市場的蔬果都極便宜，因為少了美國超市從中層層剝削。逛市集的人邊走邊吃烤花生，地上四處散落花生殼，蔬果攤像台灣一樣都會削塊讓人試吃，唯一不同的是任何新鮮蔬果試吃品上他們都會撒上辣椒粉，好像撒的是梅子粉，海量地撒，連芒果都撒。在這裡可以買到派對用的巨形 piñata、印有聖母瑪莉亞的巨大掛氈、盜版貨、乾燥大辣椒還有普通美國超市買不到的 cotija 起司（用來沾烤玉米棒之用），可說是個濃縮小墨西哥城。

幾次逛這市集的時候，我都碰到拿著玩具機關槍的小孩，按了扳機，槍就會發出答答答的攻擊聲，而且子彈帶還能逼真地配合旋轉。第一個小孩還是坐娃娃車的年紀，我看到他媽媽在整理他的娃娃車，兒子就在旁邊答答答將玩具槍上膛掃射，而他身旁的母親卻一派神色泰然，整個畫面實在相當讓人瞠目結舌。趙德胤電影《歸來的人》裡曾經出現過一段塵土飛揚的情節：緬北孩子玩搶銀行的遊戲，模擬武裝勢力拿著巨大的玩具衝鋒槍在街上火拚。我不禁想像，如果自己也有個要求要購買有子彈帶卡夾上膛機關槍的兒子，我要怎麼義正嚴詞告訴他說「不可以」（或者溫柔婉約地說寶貝你要什麼我都買給你，槍口不要對準我就好……？）

有人說，美國中產階級的日子很好過，只要好好捍衛自己的職業，就能過著一種無憂、近乎返老還童那樣單純而規律的生活。我在墨西哥市集中經常看到墨西哥小女娃從小就穿了耳洞，戴著金耳環，或者經常穿著大人式樣的童衣與有跟鞋子，攤子上常見Quinceañera（十五歲少女成年禮）的俗麗蓬蓬裙，感覺上這個民族成熟的速度相對迅速，穿著高跟鞋的小女孩或者拿著散彈機關槍的小男孩雖然都是天真的，但是已經披上了大人世界的魅影。尤其是在美國，在這個一邊剝削外勞又一邊公然排擠外勞的國度，也許他們在異域的人生，和那些活在安全泡泡裡的美國中產階級剛好逆向而行，從小就趁早演練習慣成人的生活，他們的單純帶著未雨綢繆的掙扎與衝突感。

偶爾夜裡我會想到那個藏身在樹叢裡的人，揣想他是不是謹慎地連燈火都不敢點亮，過著一種防空洞似的、永恆宵禁的生活，而這樣的生活要多久，他的夢裡是否有堅硬的屋簷。

一支爆

我不是一個極度崇拜「現場」的人，沒有辦法參加現場表演的時候，總會阿Q的想：現場難道不是另一種形式的幻象？不少朋友是天才型的歌手或樂手，也有許多是不能抗拒「現場」的樂迷，而我是個好奇的人，只要有人約了我去聽現場，只要一想到可以見識到什麼過去沒有見識過的才情，我幾乎對這些邀約毫無招架之力。

Iggy Pop（我幫他取了中文名字：一支爆）和他的樂團 The Stooges 重現江湖巡迴演出的那一年，《滾石》雜誌和《MOJO》音樂雜誌都以專題報導致敬。「一支爆」是位奇怪的龐克老人，半個世紀前他還是個年輕小夥子的時候，他的表演非常離經叛道，五十年之後，已經是二十一世紀了，我看到「一支爆」表演的時候，還是覺得他看起來比較像是瘋人而不是歌手（這是恭維），他的龐克音樂和嗓音讓我不敢說熱愛，但是他的抓狂表演風格非常喜感，一個人如果可以靠發瘋來奠定龐克始祖的地位，半世紀屹立不搖，大概就是這樣了。

第一次見到「一支爆」是某個憂鬱的星期一，地點在哈林區北邊175街的 United Palace。United Palace 本業是教堂，副業是租給人辦活動的場所，這間洛可可風格、金碧輝煌、內飾有水晶吊燈的建築，以教堂的標準來說，口味是重了點，United Palace 對面是一家二十四小時營業的西班牙快餐店，裡面賣的春雞很好吃……啊抱歉，離題了。我當天晚上的座位位於精華地段第四排，可是當「一支爆」甩著金髮像泰山一樣衝出來的時候，全場觀眾全部站了起來，所以有座位跟沒有座位並沒有太大的不同。

「一支爆」的演唱風格和習俗是這樣的：他一定裸上半身，下半身穿超級緊身牛仔褲，可是褲子經常不拉拉鍊，於是後半場褲子一定會掉下來，而他也就會順勢露出百分之七十的屁股。他總是會唱到中場的時候突然失控大喊要「大家」上台來一起玩，台詞一定是：「豁出去啦！馬的大家都給我滾上台啦！」觀眾繼而群起瘋之狂之，海嘯般湧上舞台，「一支爆」就在一群狂喜的歌迷之中像跳跳虎一樣四處彈跳唱歌，保全人員則配合演出把人肉推下舞台的戲碼，非常暴力無厘頭；只要機會允許，「一支爆」一定會玩飛身縱入觀眾群的橋段，讓千萬隻手扛著他精實的身軀。

好，我知道這些「一支爆」的習俗，所以我看到了他掉下來的褲子和屁股，看到他好像受到高壓電擊的高能量表演方式（老人家不是應該在公園裡面打太極拳嗎？這樣的激烈運動甘好？），也看到了萬人峰擁爬上舞台的盛況（與我同行的傢伙也爬上舞台湊熱鬧，可是他才剛上台就在混亂中遺失了一隻鞋子，所以從頭到尾都在忙著找鞋子……），而當「一支爆」又想縱身飛躍歌迷海的時候……轟隆！他摔到地板上了！因為第一排觀眾的位子距離舞台還是有一個胳臂的距離，而且因為這裡不是毫無縫細的人擠人室外演唱會，每個人雖然都站起來，但是好歹也是站在自己的位置前面，人口密度不夠高，當然撐不住「一支爆」的身體，所以這次的飛躍人海任務失敗，後來他表演的時候更加一拐一拐的，真是難為他了。

看完「一支爆」的表演之後，我度過了很長一段時間食不知味的日子，幸而我那枯槁的平常日很快就因為週末的另外一場演唱會而死灰復燃。接下來那個禮拜，我看到的最後一場表演是完全毫無預警的地鐵現實人生脫口秀，票價非常便宜，整個過程只有五分鐘。看完藍調演唱會搭地鐵回家的路上，突然有流浪漢跳上車來。我這輩子只看過生氣的、可憐的、表演的和失落的流浪漢，他們不是充滿詛咒，就是兜售同情、音樂和雜貨，沒有看過表演脫口秀的流浪漢。

這位仁兄一上車就說「唉呀，現在人真的是一點都不曉得尊重別人……」車上旅客原以為又是個大吵大鬧、怒氣衝天的流浪漢，沒想到他接話：「我堂堂男子漢，也是按時繳兩塊錢的房租啊（紐約地鐵價剛好兩塊錢）！」此後他從自己開始，一路揶揄到自己的前妻，講得如此自然搞笑，車上的旅客都開懷笑了出來，許多人高興地在脫口秀結束、兩站過後掏出錢來，那氣氛是如此的融洽，讓人忘了誰是施主。

最後流浪漢跳出車廂的時候，作勢對外大喊：「Taxi!」而我們都知道他坐不起。

自我解嘲是一款珍貴的特殊才藝，帶有一點微光與電流。心酸的時候還拿自己當笑話，逗樂一車子的人，叫人不知道該不該鼓掌叫好。

因為被遺忘所以被記得

一個年輕小夥子在繁忙的廣場上對著川流而過的路人發牢騷：「怎麼？連停下來幾秒的時間都沒有？現代人怎麼啦？……」酸溜溜地。經過他身邊的時候，我對他的斥喝產生了好奇，這才發現他是在替旁邊表演的鼓手樂團宣傳。我駐足一會兒，不多久就知道這個樂團並無特出之處，但我一直記得那瘦骨嶙峋的少年不得志的憤怒模樣。

有一年，我應朋友之邀聽了一場泰瑞．里德（Terry Reid）的演唱會，去的時間早，所以坐在舞台正中間前方的小餐桌，演唱者的麥克風近在咫尺，感覺一抬頭就能望進歌手的眼眸深處。泰瑞本人是位搞笑的歐基桑，但是表演起來仍洋溢著青春的義無反顧。

泰瑞．里德是誰？他是位唱功一流、吉他技藝絕頂的搖滾歌手兼吉他手，但是他那難以掩飾的才華並不是他知名的原因，你要是問起他的事蹟，樂迷們都會告訴你：他就是那個「差一點」變成齊柏林飛船（Led Zeppelin）主唱的人啊！

故事是這樣子開始的，吉他手吉米．佩吉（Jimmy Page）在他原本的樂團「雛鳥」（Yardbirds）解散之後，組了新的雛鳥樂團，也就是後來大名鼎鼎的齊柏林飛船。吉米因為欣賞泰瑞的才華，組新團的時候，特別邀請泰瑞來擔任樂團的主唱。泰瑞當時剛嶄露頭角，獲邀參與滾石樂團演唱會的暖場表演，所以就辭謝了這個機會，畢竟，替滾石開場是千載難逢的機會。他所不曉得的是，他所辭謝的那個職缺，同樣千載難逢。

後來的故事大家都知道了，齊柏林飛船以那迷幻、狂野、冶豔的曲風橫掃搖滾歌壇，他們站上了世界的舞台，曾幾何時，也變得像滾石那樣，成了這一行的一線明星。平心而論，齊柏林飛船名利雙收，肯定在音樂史上有堅立不搖的地位，他們的歌曲在全世界放送著、被難以計數的耳朵和靈魂崇拜著——這樣的境界，這樣的影響力，泰瑞怎麼會不想？

泰瑞的下半場人生依舊有他的影響力，他周旋在不同知名的音樂人身邊，在不同的城市開小型演唱會，可是他不斷錯失可以讓他大鳴大放的機會，不管他再怎麼努力，在人們心中，他永遠都是那個「差一點」的人。很多時候，人們記得他，只因為他是那個總是和大好機會擦身而過的傢伙；他表現得越好，別人越惋惜，他要是有那麼一點不知長進的跡象，人們還要替他唏噓。

沒有錯，非常可惜，但是，在所有的境遇裡面，他都是做出決定的唯一主人，沒有人可以逼迫他一定參加滾石演唱會的暖場，也沒有人可以逼迫他放棄加入未來的齊柏林飛船，就是這麼一件簡單的事。

致命的失之毫釐，某個可怕的表錯情而失去可能的戀情，因為兼顧家庭而不能放手一搏，因為工作而不能成就自己真正的喜好，諸如此類。這些振振有詞的理由，都可以是合理而且正大光明的，可是命運之神並不青睞這些說法。成英姝在《惡魔的習藝》後記寫道：

「人生其實無所謂機遇。遭遇到什麼，並沒有意義。能把人生帶到哪裡去的，是態度。我們創造了一切，而不是置身那當中。……必須摸索學習著即使在一無所有的時候，憑空生出火焰。」

在那場演唱會中，我因為靠近舞台，看得見他們擺在舞台地上的歌單。前半場的表演簡直淋漓盡致，多變的曲風，華麗多元的唱腔，有酣暢之感，彷彿空氣中有什麼神奇的東西被敲開了，吐出一道燦亮的縫，那是非常接近火焰憑空而生的時刻了。然而，後半場的泰瑞因為在舞台上喝多了酒，似乎有點酩酊，而且他不曉得為什麼，和團員唱反調，硬是脫稿演出，表演了許多即席但是顯然醞釀不完全的曲子，以至於後半場感覺有些散亂，前半場的淩厲聲勢，就在他的一意孤行之中，變得單薄而倉皇。

既然決定要幹下去，那就要不怕荒腔走板的危險。人生一場，沒有懷才不遇的問題，只有對不對得起自己的問題。我倒是覺得泰瑞沒有什麼遺憾，他忠實地按照自己的意志發展出這樣的人生，這就是命運。

海盜

與朋友相約去釣魚。

朋友的兒子小麥是兩歲大一點的娃兒，他自己帶了一根據說是蜘蛛人牌的迷你釣竿，但是他抓釣竿的時間遠遠低於四處散步、吃零食、用他的專屬吸吸杯喝果汁以及亂問問題的時間，讓真心想釣魚的大人窮於應付，但是，一切都還算風和日麗。

不巧，就在我們釣魚到了中場的時候，那樣的風和日麗就像王子麵一樣被捏得粉碎，世紀大悲劇突然爆發了——

站在甲板上的小麥一個不小心，腳一抖，竟然把自己心愛的吸吸杯給撲通踹進汪洋大海裡。轟隆！這是多麼慘絕人寰、天打雷劈的一幕啊！我們目送那可愛的吸吸杯隨著海潮緩緩地漂離陸地遠去，漸漸變成海濤中一個憂傷的小點點。

小麥當時崩潰的情緒表現，足以啟發音樂家替二十一世紀譜出〈悲愴交響曲〉的最新篇章，然而他並不希罕當個極度壓抑的現代人，不，他不會化成鹽柱，也不會學習望夫崖上悲慟但節制的女人默默站在岸邊拭淚，他表達哀傷的方式是「嚎哭」並「大暴走」（在甲板上前前後後以跑百米的方式奔跑，佐以尖聲大哭），讓人心碎不已。

在政治與人性的叢林裡游擊這麼多年，我已太久沒看過如此真心又激昂的情緒表現，特別是如此不帶心眼的。如今在一個文明進化未完全的小孩子身上看到如此掏心挖肺的真情，我雖然心如鐵石，也是感覺異常感動（好吧，一開始確實覺得傻眼）。

小孩與吸吸杯的情緣，被海浪如此硬生生地打斷，小麥簡直哭到快斷腸，此時此刻任何合理的勸說都無法奏效：

「小麥，不要哭了，我們來釣魚吧！」「哇啊——」

「小麥，那『只是』一個杯子，放下杯子立地成佛，好嗎？」「哇啊——」

「小麥，杯子送給大西洋的海盜好不好？做個朋友嘛！」「哇啊啊——那是我的那是我的！」

育兒專家也許不好意思出書提供處理這種狀況的最好方針，可是對許多家長而言，遇到無法講清楚說明白的時刻，騙小孩是千古不變的良方，這倒是喚起了我幽微的童年記憶。

此時，小麥的老爸也以一種駕輕就熟的口氣開始行騙，說：「小麥，沒關係，爸爸可以打電話請海盜幫你把吸吸杯拿回來。」接著轉頭問我們：「你說，這附近最有名的海盜是誰？」

「那當然是虎克船長啊！」

小麥爸：「怎麼這麼巧！我有虎克船長的電話。」

（立刻撥手機……給老婆）

「喂，虎克船長嗎？我兒子的吸吸杯飄到海上了，你可以幫忙注意一下嗎？嗯？大概幾天可以幫忙找回來？三天是嗎？是，那個吸吸杯是藍色的……（把電話交給小麥）……小麥你形容一下你的吸吸杯……」

小麥：「嗚嗚……藍色的藍色的……嗚嗚……」（線索極度薄弱）

最後，小麥的爸向小麥耐心解釋三天的意義是什麼，因為小麥聽到「三天」，似乎誤會是三百年，又嚎啕大哭了起來。

那天下午，小麥哭累了睡了一場覺，醒來喝了粉紅色的檸檬水之後，好像就完全釋懷了。

而那傳說中的虎克船長，正準備下完班之後，去超級市場尋找一只藍色的吸吸杯。

毛蟲的重生……or Not

一早在室內發現一隻斑斕肥碩的毛毛蟲，它長得十分華麗，身上的毛厚得像貴婦身上的昂貴黑黃流蘇大衣，頭頂長出兩根像國劇馬鞭似的觸鬚。肥蟲天真愉快地在階梯上爬行，我看了牠一眼，動了惻隱之心，覺得這樣的蟲界貴婦死在人腳下太慘了，好歹也該熬成一隻蝴蝶或者蛾，享受一下飛行的美麗。

因此我拿起一張紙將蟲鏟了起來，想要把它拿去最靠近的門口野放，然而一走出南門即聽到一片啁啾——糟糕！我從來沒有發現這個城市裡有這麼多麻雀，牠們十分愉悅地四處彈跳，我原本是想成全我的毛蟲，看到那麼多鳥，恐怕一片好心只能成全小鳥的胃。

我畢竟不是把蟲端出門來餵小鳥的。

於是我毅然決然把那隻蟲又捧到了另一個門外，東門那裡比較多人類，鳥類少很多。我選了一棵有毒的樹叢，把蟲丟到葉子上，肥蟲卡在密實的葉子上，像準備肉身天祭一樣捲身。

原本我以為這樣就大功告成，但是走回室內後不久，我蠢蠢欲動的好奇與自以為是的憐憫再度驅趕我，我只好回頭重新觀察毛蟲是否愉快地開始展開新生活。在我愚昧的想像中，獲救的蟲是應該開始幸福的，像頭頂畫出一道彩虹那般的幸福。然而我走到樹叢前，發現那肥蟲一動也不動還是縮成一團。我緊張地判斷這恐怕是因為天氣太冷了，這樣野放牠豈不是要把牠給凍死嗎？

最後我又拿了一張紙將肥蟲重新捧回室內，放在階梯上。毛蟲若有農民曆，或許上面寫的不是「有貴人相助，逢凶化吉」，而終究是「萬事皆不宜」那樣的一事無成。

朋友聞之，有人說：「聖人不仁啊」；有人殷殷囑咐我：「千萬別坐時光機，世界會大亂」。

哎，好心人真的很難當。

全面啟動

比起許多人出門前的如如不動，母親大人出遠門前總是像被救護車上身，出發前五分鐘，眾人已在門口集合等待，她會突然想解決世界上所有問題，拖鞋啪啪響於家中瘋狂奔走，如森林中看到火苗的犀牛。

但如果你問她在忙什麼？她會氣急敗壞地說：垃圾桶還沒裝垃圾袋！（家中無人為何非要此時裝垃圾袋），記掛最後一顆乾巴巴的百香果還沒吃掉，瓦斯表還沒抄。如果還有任何殘餘的時間，相信她還會檢查菜刀還利不利，或者枕頭仍否蓬鬆，諸如此類和出門徹底無關的事。

有人出門前要再三開清單閱兵，有人出門前一個月便謹慎安置行李箱內容，有人不到最後一秒不打包——這方面朋友阿平是箇中高手，她曾臨行前洗髮，登機時「連頭髮都還是濕的」。就和開車的技術一樣，一個人出遠門前的準備，大概可以看出此人性格的八九分。

上路的時候，要如何在沉睡之中像獲得天啟般分秒不差地醒來，正確地離開車廂，則是另一個方向的啟動考驗。

我曾在車上親眼目睹坐對面的小姐睡到翻白眼，頭劇烈搖晃好像在崎嶇山路手排換檔，但廣播說出她的站名的時候，瞬間發生靈異事件，人立馬彈起精神超抖擻，昂首闊步走出車門！

也曾見識一位大叔在我身邊睡得像海星一樣臉朝上平躺狀，微微發出鼾聲，我推斷他的熟睡指數已經深似海……忽而電話響起，他立刻神智清明口條超清晰和人談案子，完全沒有 lag，比瞬間啟動 Windows 還神奇，真的是同一人嗎？

以往通勤，我也經常表演這種神乎其技的超能力，只不過經常啟動發生錯誤，明明要在頂溪站下車，廣播說「古亭」的時候，我便超前把自己嚇醒滾下車……像錯過南飛避冬時間的候鳥，悲劇地在活埋自己的雪中，等待下一班沒有座位的列車。

不過，睡過站，一路睡到淡水底站，並且在觀音山慈眉善目的注視下，睡到折返北投才夢中驚坐起，這種事也在我身上發生過。

有些事就像酪梨一樣需要擺一擺，時間對了才有軟腴柔滑的內心；有些事就像夜市撈金魚的紙網，你要在時間滴答滴答穿破它之前，把金魚放進自己的盆。這個道理看似簡單，但要控制自己能隨時虎虎生風地下車，沒有失準，對睏在夢鄉的人來說，就和懸梁刺股一樣困難重重。

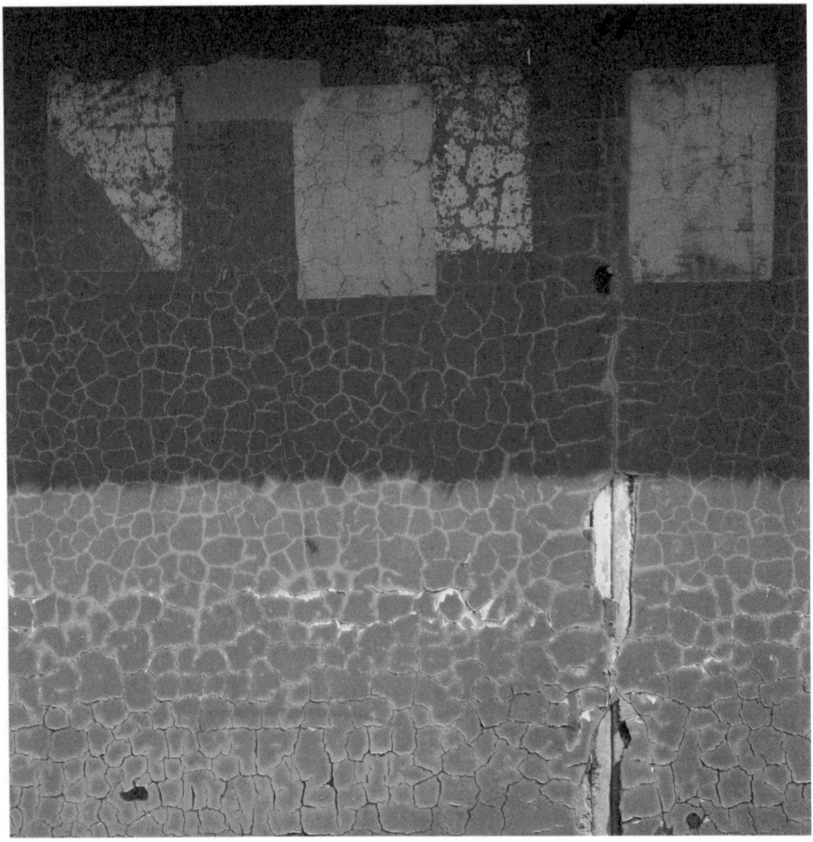

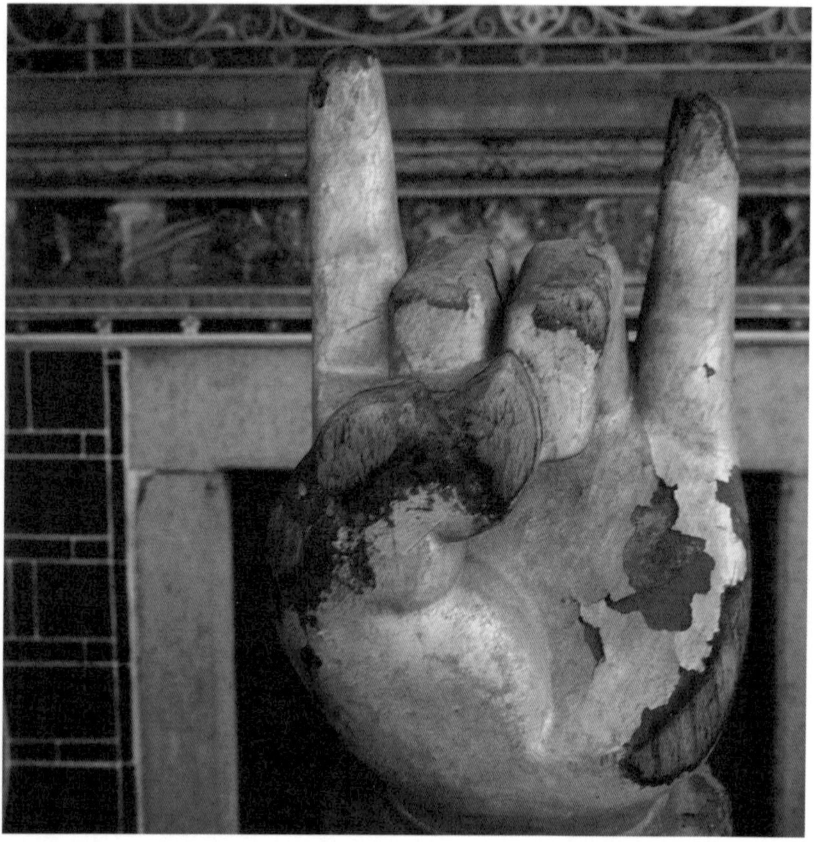

4

幻象之幻象

蒼蠅與蟬

「我都知曉，蒼蠅掉進牛奶，黑白一目了然；
我也知曉，我都知曉。
……死亡會給萬物帶來終結，任何事情都了然於心，
除了自身以外。」

——《庸才》5

我在打工的地方遇見許多有趣的同事，其中一位生化系的，不知道修了什麼課，在課堂上觀賞了仿聲鳥的紀錄片，本來仿聲鳥的模仿絕技是用來保護自己、隱入自然環境，但可憐的鳥兒住在被人類濫砍的森林裡，因為太常聽到開進森林裡伐樹的機械巨獸

5 此處引述的詩句來自於溫子園的電影《ヒミズ》，電影改編自古谷實的同名漫畫《不道德的祕密》，另譯為《庸才》。詩句改寫自法國十五世紀詩人法蘭索瓦·維榮（François Villon）詩作。

咆嘯，也太常聽到鋸子出動的嚎叫，竟然也學會發出喀喀喀喀或嘰——嘰——那般尖銳的噪音。一隻鳥張開美麗的鳥喙，竟然不是淘氣的啁啾、高貴的黃鶯出谷，而是鋸木頭那樣可怕的聲音，實在太哀傷了，但是全班看到這一段紀錄，好像同情心羞恥心也遭連根鋸斷，大笑出聲。

同事還曾提及其他幻妙之事，比如，他們的實驗室中有兩種果蠅，是老師與上蒼派來協助人類理解基因奧妙的天使，他們說一種是白眼蠅，一種是紅眼蠅。兩兩搭配的時候，一隻是聖潔的處女果蠅，另外一隻是熱烈的種馬果蠅。為了確保實驗的精準度，母蠅一定要是隻處女。

我問，怎麼辨別這是一隻處女蠅呢？喔，是這樣子的，研究室裡養的母蠅失去貞潔後，身上的毛色就會改變，比硃沙痣還好用。為了基因研究目的，學生將特定果蠅兩兩配對（比如說，紅眼蠅配上一隻白眼蠅，這個叫做紅白配，其他還有白白配、紅紅配等等），每一對都養在一個實驗瓶子裡。兩蠅同居在一個什麼也沒有的玻璃瓶裡，除了相對兩瞪眼和做愛之外，沒有其他生命的意義，因此只要過了一個禮拜，學生回到實驗室就能發現子孫滿堂的實驗瓶。這也是實驗室紅蠅與白蠅的一生。

從文學的角度閱讀科學，方便把冷血的故事看得有溫度。至於寓意是什麼？看《蒼蠅王》不見得明白，讀《紅玫瑰與白玫瑰》更是差太多，莊子看了，難道要說，夏蟲不能語冰？一對在玻璃瓶裡過了一生的蟲蠅，有命運可言嗎？聽說，最後實驗室裡的果蠅都死在酒精裡了。

吳爾芙曾在短篇小說〈新洋裝〉（The New Dress）中描述一名妄自菲薄又內心戲太多的女子，不斷鑽牛角尖自我羞辱，想像自己是不起眼的徒勞的蒼蠅，泡在小碟子中央，狼狽得爬不出去，翅膀更因碟裡的牛奶而沾黏成一團，從她的蒼蠅眼裡看出去，別人都是 butterfly 或 dragonfly 之類比較美的飛蟲，唯獨自己只是一介小 fly，而且還飛不起來。小林一茶寫過知名的俳句：「不要打哪，蒼蠅搓他的手，搓他的腳呢。」但溫柔小林一茶若聽到了如此庸人自擾又碎念不停的蒼蠅腹語術，要忍住不出手應該很難吧。人人都說吳爾芙是文學現代主義的先鋒，在此看來是很有道理的，現代人只要打開臉書之類的社群網站，就好比同時打開了八千個意識流的水龍頭，人人刷存在感的方式薨薨不絕，在不可計數的小碟子裡搓手搓腳，比穿了新洋裝的女人還焦慮。

蒼蠅善於鑽牛角尖，這並非什麼艱深的文學比喻，我曾見過捕蠅界的美人——某種日本舊時代手工吹製的玻璃捕蠅器，這種高雅的古器皿長得像晶透的圓頂菌菇，上方有一加蓋開口，瓶底向上收束，於瓶內產生第二個開口，下方墊高與桌面保持空隙，只要在瓶底集水處注入蜜水，蒼蠅便會從下方縫隙飛入瓶身。為什麼可以捕蠅呢？因為蒼蠅有個糟糕的飛行慣性，在密閉空間只會往上、往前飛，不知如何往下飛，所以只要從下面洞口飛進去，便只能飛到累死。

是這樣的盲目，使得魯迅寫出〈戰士和蒼蠅〉，使得尼采寫出〈市場之蠅〉，可以當成最勵志的蒼蠅論。嗜血蒼蠅何其多？但還是別把自己的命運活成了抓狂的蒼蠅拍，要追求精神的自覺，不要害怕孤獨。

因此你不得不尊敬蟲豸與平庸的啟發性，他們是借喻的源泉，甚至可以借來有效地調情。《詩經》的〈國風・齊風・雞鳴〉篇裡有位賴床不上朝的大王，老婆催促他說：公雞已經在叫啦，大王在被窩裡撒嬌回嘴：那只是蒼蠅在吵啦，還說，寶貝，就算蒼蠅嗡嗡作響，「甘與子同夢」。這麼瞎的情話，讓人紮實感受到熱戀的不可理喻。

紀錄片導演喜歡略帶使命感地自稱為「牆上的蒼蠅」，隱形人那般靜觀局勢。《晉書》裡則有篇「蠅棲筆」的魔幻故事，裡面的大蒼蠅就沒那麼安分，牠先飛呀飛進密室裡竊聽了祕密，揮也揮不走，隔日再化為黑衣人，大聲公一樣把祕密偷渡到街頭巷尾，使得人盡皆知。我經常揣摩這動靜收放中間的分寸與差異，如同揣摩一種寫散文的方法。

蒼蠅種種，使我對蒼蠅的藝術詮釋特別有感。觀賞賈木許《神祕列車》（*The Mystery Train*）這部電影的時候，自然注意到了擺在飯店櫃台上的那隻金色蒼蠅，當飯店小弟沒頭沒腦從背後拿出蒼蠅拍往那隻蒼蠅身上招呼的一瞬，滑稽近乎禪詩。賈木許精於嚴謹的場面調度，卻又如此深諳脫節的喜感、落差的幽默，簡直有馬戲團空中飛人的天分。

我和《神祕列車》裡桌面上的蒼蠅有數面之緣——美國的跳蚤市場偶爾可以看見這種蒼蠅，金銅製的，厚重，翅膀可以掀起來，功能也很神祕，是菸灰缸，其金色的肚腹裡，可以收容從人間墜落的星火與餘燼。

某次逛紐約下城那家藏書量足以綿延十八哩的舊書店（現在應該不只十八哩了，可以排到太平洋了），我清楚記得，紅頭髮的櫃檯結帳小姐手臂上刺了一隻巨大的蒼蠅，但是因為她的上臂長胖了，那隻蒼蠅似乎跟著發了福，再發福下去，就要變成黑色瓢蟲了。

和生化系的打工同事各奔東西多年之後，某日有事進一小店，看到勁酷老闆擺了一架搖滾風飾品，遂停下端詳。突然發現一枚造型為金色超巨大蒼蠅的戒指，太另類太跩了，深深吸引我的目光（幻想比出 rocker 手勢），忍不住發出讚歎：蒼蠅耶！

老闆很冷漠地說：那是蟬。

如果你也經過都蘭

都蘭有隻狗，名為爌肉（閩南語）。

爌肉是一隻浪浪，不過不是流浪漢的浪，是浪子的浪。

有一天，爌肉路過都蘭糖廠隔壁巷，相中一間背包客棧，覺得挺舒服挺好，毅然決然敲門，以仲代達矢的沙啞口吻告訴客棧主人：讓我住下來，不然我就切腹！

客棧主人傻眼，心想你誰啊，但還是抱著養士的心情將這位食客留了下來，不但如此還將客棧命名為「背包狗」。

幾年前我第一次碰到爌肉的時候，初次見識到爌肉的人脈，肅然起敬。提到爌肉，都蘭無人不知無人不曉，整座小鎮都是爌肉的遊樂場兼自助餐廳。

只要你在爌肉面前說：走！爌肉！我們去散步！爌肉會專業地即刻起身，開始導航。

第一次陪牠散步，牠相當隨興地先晃進糖廠，並在一位正在彈吉他的歌手面前坐下來聽了一會兒音樂，耳福享了，這才悠悠起步，進行愉快的食物尋寶活動。牠一邊撒尿一邊晃蕩，像萬聖節討糖吃的小孩一樣彎彎曲曲前進，並且在某些心領神會的角落駐足，低下頭就是一碗骨頭，再低頭又是一碗骨頭，喀ㄘ喀ㄘ吃得好痛快，原來鎮民會在特定角落留骨頭等牠來吃。

第二次經過都蘭的時候，我特地想找爌肉，一走進巷子就看到牠，我朝牠喊：爌肉！爌肉！牠高興地像小鹿一樣蹦蹦跳跳跟了過來。跟牠說：走吧！我們去散步！牠毫不遲疑就立刻出發，走在前面。吃消夜的時間！牠的笑臉好像這麼說。

走不了多遠，爌肉忽而穿越大馬路，在一家鹹酥雞攤旁邊一屁股坐下來。不多久，鹹酥雞老闆拿出一大包像土石流一樣的骨頭撒在地上，豪邁地說：爌肉在等這個啦。整個村子聯合起來養爌肉，無限供食，這肯定是爌肉的桃花源。有這麼肥的武士嗎？不過，肥也不能改其浪蕩的心志。

總之，如果你也經過都蘭，記得去糖廠隔壁那條巷子找爌肉，只要喊聲：走！爌肉！我們去散步！牠就會毫不吝嗇地分享牠的美食地圖，自由的生活。

挾菜

替別人挾菜在我看來是一種內力深厚的文化，說不上討厭或喜歡，但我常常覺得挾菜這動作無論多麼熱忱，就和勸酒一樣，多多少少有種社交和做樣子的意思在。喝酒不就應該隨性嗎？可是我們的敬酒文化喜歡勸人喝，喝得越多越樂，好像唯獨只有透過把彼此血管裡都注滿酒精，才能換得肝膽相照的證明。

與人共吃合菜的時候也經常有勸食的狀況，就像勸酒的人喜歡往你的杯子裡斟酒，唯恐你的杯子鬧旱災，華人的餐桌就像麻將桌，勸酒和挾菜這些繁複的動作，其實很有作戰和過招的氣氛。這大概說明了為什麼傳統中文文學有這麼一大堆描述心機鬥爭的場景，都是在麻將桌、餐桌或茶館裡面發生的。

勸人多吃也就算了，挾菜給別人這個習慣我個人很不習慣，除了統一舀湯盛飯，我們家沒有挾菜給同桌人的習慣，除非是基於東西可能吃不完的經濟考量，怕肉老了、趕著趁熱吃，或者交換品嘗。因此，偶爾與人吃合菜，看到同桌的人挾起食物來，並不往自己的碗裡送，而是往隔壁或者斜對角的人碗裡送，有種你儂我儂的意思，都會覺得有點唐突，儘管知道那其中的用意是好的，就像紳士替淑女拉個椅子、開個車門、披上外套之類，有體貼的意思。

受人挾菜的對象，和挾菜給人的對象，通常是後者比較有政治性。無論他有沒有意識到這點，當他做出了贈與、強制分享的行動時，他已經表達出一種立場，這個立場你可以做出各種解釋，但這個立場絕對是社會性的，超越伸出筷子夾食物這麼單純的點對點動作，有宰制的特質，畢竟成年人「都應該有自己挾菜的決斷和行為能力」，並不需要外送。

出於動物本能性的替人挾菜，或許只剩父母挾菜給幼兒的行為吧。就像是母鳥歸巢，替嗷嗷待哺的雛鳥飽胃。出於本能性的反抗，也只有幼兒，他們可以不顧一切地閃躲挾來的菜，從不假裝微笑勉強收下，他們無聊就打呵欠，不好吃就吐出來。

及長，漸漸便少有人能夠有那樣的坦然可以閃躲別人的贈與。

幻象之幻象

二十一世紀，一位永和市民穿越中正橋，在河岸的另一端參觀了一場台北的米開朗基羅（贗品）特展，展覽結束至今，永和市民仍然有心靈受創的感覺，但也因此像打了疫苗，此後耳聞台灣各種相當可疑又號稱真跡的特展，親臨現場也就不感到那麼崩潰。

說起來很像某種鄉野奇譚，這些年來，台灣輕輕鬆鬆在短期內就開設了不少米開朗基羅和達文西的神級特展，彷彿這一切只是蒐集忍者龜或開7-11那樣順手的事。

永和市民小時候去參觀過一些名不見經傳的遊樂園，這些場所位處在鳥不生蛋的郊區，財力又不足以引進讓人印象深刻的遊樂設施，窮則變（但並沒有通），幾乎都喜歡搞一些號稱極其罕見的噱頭（但是也沒有胸口碎大石或密室逃脫這種比較需要實力的表演），珍奇野獸啦，埃及木乃伊啦，諸如此類，但都看起來氣息奄奄的，尤其那個木乃伊，它繃帶纏繞又正正當當躺在一個違章建築似的矮小金字塔裡，園方確實替它做了一具埃及式風情的棺木，但任何有點警覺心的人都不會認為自己看到的是真正的木乃伊——去哪裡可以弄來這種不需保全警衛、沒有中央空調保護的木乃伊呢？

像這樣的展覽，如果有參觀的小弟弟喝手搖杯踉蹌跌倒，一不小心呀噎！肘擊展品，撞出一個可怕的窟窿……似乎也不用太擔心。重做一個就好了。

布希亞不都說了，現代的我們活在一個充滿幻象的世界，所有東西都是 simulacra，如夢似幻。班雅明筆下的機械複製時代，隨著3C產品的激烈演化而百尺竿頭，把我們更遠遠推離真實。新聞不時報導攝影比賽作品因為合成加工而被取消資格，照片裡的人和天空，有的時候是整塊 key in 或整塊挖掉，但是合成和加工的影像，也許在不遠的將來就不再會是「醜聞」。

幻象同時在人臉與肉體上蔓延著，每個人的臉與身材都是公認美形的複製再複製，可以重金打造，模仿而後生。如今誰不是在網路上藏在無數匿名代號背後，和他人對話？於是我們幾乎可以說，連靈魂也有贗品。

近年來，越來越多打著名家旗幟的特展來到「歹丸」這個蕞薾小島，放大輸出電子影像、重建虛擬現場，方便民眾置入自己，與展品合照已經是標準的起手式，所謂的體驗與啟蒙，不再是以展品為中心。

永和市民當年去看了史上最爛的米開朗基羅（贗品）特展的當時，展設的也近乎全是三流的複製品，彷彿某種陽春的學生美展，展覽的描述文字和播放影像也相當坑爹，全場只有差不多一打小如廁紙的模糊米開朗基羅真跡，毫無代表性。諷刺的是這樣的「偽物展」，竟然是在歷史博物館裡展出，想必是呼應今日的時代精神，沒有歷史價值、隨時可以踢飛到夜市賤賣的粗枝濫造仿冒品，竟也可以當作什麼稀有的名堂，可以號召群眾，變成一個展覽了。

奇怪的是，儘管這展場滿眼都是假貨，台灣人到了任何展場，還是像得了強迫症一樣，必須在每一個作品前舉起相機或手機把他們眼睛看到的東西拍下來，好像不經過這一道機械消化過程，他們是眼盲的。

因為太專心拍照，在這一屋子的假東西前面，這群人眼睛盯著的甚至不是仿品，而是copy of the copy，是手裡的螢幕，仿品的幻影。或許現在人並不在乎到底是不是「看」到了真物，我們的血液裡暗湧著狩獵獸性，比較在乎的是是否能夠「擁有」真物任何一部分的延伸，即便那只是粗糙的、唾星似的的殘渣。比如人們在乎作家的簽名更勝過作家的作品、在乎拍下照片更勝過體會風景。

勉強可以自我安慰的是，米開朗基羅雕塑「垂死的奴隸」被翻拍成館內唯一一張超大照片放在展區，光是「真品的局部照片」就充滿了震攝人心的華美，讓人驚歎原來正港的東西確實有這樣的能耐。相較之下，放在隔壁的假雕塑贗品簡直是場噩夢，讓人想起破爛遊樂場裡擺出來的假怪獸與假木乃伊，使得整個展場像廉價的鬼屋，鬼影幢幢。

人人都是為了真正的米開朗基羅作品而去的，然而卻得不到，只能在照片的暗示裡，曲曲折折地證明真實的難得。

旁觀火災之人

某年我收到了朋友寄給我的「善書」兩冊，只因不久前與對方聊過這個文化現象。善書是置放於廟宇等處與人結緣的小冊，有些是為了還願而印刷之貢物，有些則純粹是經書或宣傳手冊，通常不厚，講的都是市井小民投稿寫的因果報應警世寓言（諸如：「仁心善行，銀圓擋子彈」、「忤逆不孝死後投豬」等），表現手法堪稱魔幻寫實和恐怖文學的極致，專門放在廟裡提醒世人不要鐵齒，但這兩冊竟洋洋灑灑有三百頁左右，勸人為善之意非常堅強。

其中一本《玉曆寶鈔的故事》竟然還是注音版（這種書當童書真的合宜嗎？），插畫精美，歎為觀止。〈不信玉曆的惡報〉這則故事中，某人因為在玉曆上塗寫「可笑」、「亂說」等汙衊字眼，寫到一半房子起火、妻子被迫裸體逃命，此人最後「身上的肉被火燒得糜爛，眾狗爭著撕咬」。讀罷不禁自忖：不曉得是轉世為豬比較可怕，還是活在道德勸說激烈的社會裡比較可怕呀。

台灣的老派休閒場所特別鍾愛打造十八層地獄的參觀坑道，全然不管小孩看了是不是會噩夢尿床，眾人總是扶老攜幼前往觀賞，就和出門賞鳥一樣步履輕盈。

最壯觀的十八層地獄在台南麻豆，主持的廟宇打造了天堂與地獄的兩條付費參觀步道，門口皆派有昏昏欲睡的守門人，我去的時候，守在地獄的那位還打起盹來。

天堂那一側的參觀者寥落，有些小角落甚至生出了百無聊賴的蜘蛛網，民眾對天堂的興致也提不起勁。天堂裡面原本想營造歌舞昇平的景象，卻因為必須省電，只有遊客經過的時候才啟動感應系統，音樂才會奏起，祥雲才會獻瑞，天堂的仙子仙女們神情尷尬，有一陣沒一陣地揮手點頭、擺姿勢撥弄古琴，好像在應付，也好像他們已經快演不下去，機械碰撞的聲響讓天堂有如生鏽的狂想曲。這樣復古的樣板戲似乎沒有達到宣傳天堂的理想效果，反而讓人想加速腳步離開現場，如果天堂也有預售屋，看到這樣的鄰居與居住環境應該會滯銷。我況且不怎麼願意和這麼一群僵化無趣的人坐同一台車，更何況是在號稱永恆的場所。

天堂外有一大池塘，遊客可以餵食鯉魚，池畔貼心掛了一面告示，讓人一則以喜，一則以憂，因為以紅色油漆寫就的溫馨提醒只有簡單幾個字：

魚料

請至十八層地獄

幾步之外，「十八層地獄」的遊客明顯多了不少，也比較投入，一部分的原因恐怕是此地聲光效果極佳，燈光慘澹、哀叫聲不絕於耳，比天堂更加生動，有些情侶乾脆把它當成促進感情增溫的鬼屋，參觀前打情罵俏，參觀時沿途緊緊相擁，苦難沒完沒了呀，兩人永結同心從假的地獄試煉裡歷劫歸來，在別人的風霜裡昇華自己。

有一家人似乎懷抱著教育的心志（說到底這確實是家長「不乖就叫警察來抓你」威脅的加強版），牽著兩名稚齡的孩子進去參觀，但地獄景象實在出乎意料地繪聲繪影，每一層地獄都把人的罪狀與受的罪罰寫成告示，佐以電動人偶模擬實境，於是這裡面有上刀山下油鍋的、把人串在棍子上滾動燒烤的、還有旋轉石臼榨出汩汩血漿的……看完了需要到鎮上吃碗粿壓壓驚。小孩不識字，以害怕的口吻纏著父母解釋那些人犯了什麼罪，爸爸沉默，媽媽避重就輕、含糊其辭，無法具體地去形容某些專屬於大人世界的罪惡，明明告示寫的是讓人掩目之罪，媽媽卻四兩撥千金隨口說謊：啊，那個人，他、他偷東西啦。

「像你這樣是要下地獄的」，羅馬競技場上看到罪犯被獅子吃掉而感到歡快的人，本身就是悲劇的一部分。誰都不禁想，為了惡人之死而歡呼，這種愉悅，會是歡呼者心裡渴望的那種良善嗎？

於是我想起，有一年美濃老家隔壁一戶平時沒人居住的老房，晚輩過年期間特地返家整理，白日放火燒掉一些院中雜草廢物，到了晚上火苗沒有滅盡，延燒至空屋，竄起火光。

鄰居一聽到消息紛紛螞蟻般奔相走告，彼此敲著窗戶，吆喝：「後面人家失火啦！」彷彿難耐興奮之情，雖然明明是一場災難。

鄉下人閒閒沒事，一呼百諾，聽聲辨位，朝消防車移動方向湧去，甚至催油門騎機車追趕，比奔赴考場還激動，瞬時間消防車後面跟了一大排的摩托車和人龍，比火災現場更蔚為奇觀。但是看熱鬧的人好像是嫌火災現場「不夠精采」，不多久一哄而散，訕訕離去。

月台的邊緣

大眾運輸系統上乘客來來去去，高密度呈現了眾生的縮影，紐約搭地鐵尤其充滿了鼠輩橫行的戲劇性，它沒有東京地鐵平日西裝筆挺的侷促，也沒有東京地鐵入夜之後終於受不了拘謹，最後導致晚歸的醉酒嘔吐——它是一整片的灰色地帶，髒亂和自律齊頭並進，不分白天黑夜，比起台北地鐵顯得更不按牌理出牌，比起曼谷的地鐵深入地表。

除了二、三號地鐵口齒不清的廣播之外，車上總是有些無聊的小事，奇花野獸那樣散放神祕的氣味。把耳朵上方頭髮剃光，讓前額髮線整體向後移，以清末遺老造型出現的男子。上了地鐵前往哈林區，神色緊張的亞洲婦人，小心翼翼地把左手無名指的鑽戒脫下來，藏到手提包裡的密袋。手上帶著婚戒的男子，和沒有婚戒的女子靠在車門旁上演逾越尺度的激吻與愛撫。

經常有專業的墨西哥吉他雙人組算好時間，在站與站之間像音樂盒一樣打開嘴巴，唱完一小段合音與節拍準確的牧歌，優雅地在下車民眾蠢蠢欲動前繞行一圈，以大帽子領取打賞，gracias，撤退。

交錯間，一名臉上留了許多奇異傷口的壯漢跳上車，手裡抓著一大袋盜版DVD，大聲嚷嚷問有沒有人要買目前正在上映的院線片電影DVD。

車子迅速地往前移動，沒有人搭腔。「Anybody interested? Anybody?」他費勁大喊，忽然右前方約莫兩歲的拉丁小弟弟，晃著兩條短小搆不著地板的小胖腿，笑咧著嘴大聲應道：「ME!!!」左右兩位帶小弟出門的姐姐大驚失色，幾乎聯手用四隻手捂住他的嘴。奇怪的是，壯漢眼光轉也不轉，對小弟弟那一聲清亮的答應聽而不聞，好像知道不必白費功夫瞧那麼一眼似的，頭也不回的邁向下一個車廂。在那個尷尬的瞬間，那個小朋友的可愛竟然顯得有些殘忍的意味。

這讓人想到紐約地鐵曾經處處張貼「Subtalk」的奇怪告示牌，上面刊登一張危險行為示範的照片，佐以中文、韓文與俄文的簡短宣傳文字，我在蘇活區的王子街地鐵站便見識過兩張，其中一張寫的是：

「靠著地鐵門很危險。如果門開的話，可不是鬧著玩兒的事。」

另外一份寫的是：

「生活的邊緣人嗎？只要確定不是在月台的邊緣即可。太靠近月台的邊緣，您可能會有嚴重甚至致命的危險。」

下面再題一行字：我們注意安全——您的安全。

似乎是體貼乘客的貼心小語，由於翻譯的關係，顯得既僵硬又生冷，第一張告示帶著一點教訓的意味，第二張告示不只帶著教訓意味，還有點「拜託你行行好，你自己人生不順遂沒關係，只要不要讓自己死在月台邊緣就好了」的意思。

月台上，偶爾會碰到幾位拉胡琴的藝人，多半都是老先生，奏的盡是老調，並不得青睞。眾多紐約地鐵的街頭藝人玩的是響亮的樂器，如果樂器不夠響亮也要弄個擴音箱或搞個樂團，一表演就要昭告天下和地鐵魔鬼級噪音抗衡的那種，愈是動感愈能博得群眾的歡心，尤其是那些觀光客，只要聽到動感的音樂都要忍不住跳起舞來，享受這種精心打造的偶然。

看見拉胡琴的老先生，我總想起每年夏天我奶奶家對門的鄰居，他喜歡在夜裡拉張藤椅坐在大門前拉胡琴，那琴聲既優雅又悲傷，絲一樣長長拖曳而出的旋律藕斷絲連，宛如一種繁複的手勢，掏心挖肺地要和你傾訴某種歷史的情愫，要你懂得回首。

在聲音密度太過濃烈的紐約地鐵站裡，胡琴那哀哀的音色顯得像亂世裡的棄婦，兵荒馬亂之下，管她手勢再怎麼大家閨秀、故事再怎麼深切動人，誰也沒空去搭理。彈胡琴的藝人身邊多半沒有什麼圍觀的群眾，琴師談到一半突然停了也沒人注意。對那些等著上車的人來說，胡琴的聲音已經超過異國風情所能容忍的範圍，他們需要的是一種速食的異國風情，快樂草原式的南美牛仔民謠，用國樂彈西洋流行樂也許可行，來點吵鬧喜氣的八成也能過關，但是他們沒有時間等候孤單胡琴蕩氣迴腸的橋段，歡樂可以是即時的，哀怨確需要長時間的反芻，很不幸，車已經進站，胡琴卻還在月台上替憂傷情歌暖身呢。

也有這樣的情況：往曼哈頓下城開的地鐵上，許多人面對車門的位置站著，望著朦朧的車窗胡思亂想。空氣有些濁，但除了車軌摩擦的噪音，人們就像休息符號那樣靜置著。彼時，一名西裝革履的黑人紳士開始在走道之間走動起來，篤定地選了靠車門旁的空位站妥，原子彈爆發般以抓狂式靈魂傳道法開始傳道，其激烈的程度可說是比台灣民間乩童濟公和三太子同時上身還要震撼，背對他的人可以從車窗倒影中可以看他以爆破聲帶的方式大吼著人生與信仰，與此同時，傳道者身後坐著的男子非常熱情地一邊啃著雞腿、一邊喝著可樂，一邊「阿門！」「阿門！」地在忙碌的進食間應和著傳道士的演說。

傳道士聲嘶力竭——大家必須信「主」，別相信「人」，（可樂男：阿門！）放下生不帶來死不帶去的世俗物質牽絆，專注於修養一個人的「靈魂」（可樂男：阿門！），基督與你同在（可樂男：阿—門—！）。

過程中，一位販賣盜版光碟的亞洲女性穿越車廂，以驚異的眼神望了他一眼，接著一位未成年、販賣一元巧克力糖的黑人小弟也穿越了車廂，匆匆往下個車廂前進尋找買主。這所有環繞在他身邊的人，除了可樂男以外，都顯得有些相對地漠然，他那幾乎靈魂出竅的嘶吼，於是便顯得有些孤獨。

高潮之後，傳道士靜了下來，恢復了凡人的嗓音，原本被他嗓門蓋過的地鐵嘈雜噪音又重新嘎滋嘎滋響了起來，車廂上的人沒有表情，像一群溫馴的綿羊。他溫柔地邀請車廂裡的人去42街的某教堂做禮拜，隨後便披上了昂貴風衣，瀟灑地走下車去。

疲憊的乘客在長長的旅途後走出地鐵，重回地面，傍晚的時代廣場已經沒有自己的天空，切割過後的高聳看板都都已被高額買下，其中一位知名流行歌手氣勢凌人地站在精華地段的大型廣告裡面，呼籲大家「拒絕乘坐殘忍剝削動物的馬車」，此時時代廣場的路口卻擠滿了讓馬夫們看不順眼、口裡噴著煙正蓄勢待發的人力三輪車夫。兩位親民的警察卻站在路邊，英姿煥發地讓觀光客撫摸身邊的紐約警用愛馬，一名女警達達騎著馬經過眾人的身旁。

彷彿上錯車又下錯站那般，這些參差的瑣事，俗豔的刺繡般一針一針交疊出生命的流光，免不了偶爾有點脫色，並且布滿紅塵俗世的脫線之處。

證明反被證明誤

許多人是先擺出一個姿態，卻空有姿態，主要貪圖原本沒有卻已經知道有的好處，像卡奴，搶著先擁有，儘管是破產的。

許多人號稱自己愛上了，才漸漸把愛長出來。或許是怕不比自己的三心兩意快一些，就要錯過什麼自己也不明白的、可能重要的愛。

比如說預支親暱感，用言語向明明是泛泛之交的酒肉朋友交換真正的親近。

這些錯置不顯眼，但是遭遇到的時候總覺得哪裡不對勁，好像看到一個人倒退跑步。

我有位朋友，他人生的目的就在於享受一種戲劇性，無論是極苦、極樂都要比所謂的「一般人」還要強的戲劇性，他不能忍受中庸，因為他覺得自己絕非「一般人」。本著這種超越「一般」的想法，他在追求戲劇性的過程中，得到了一種人生相當精采的快感，因此，無論是車子被刮、馬子有病、聽的音樂不和諧、晚上睡不著覺，他都能自得其樂，覺得自己真的是無與倫比。實際上，他對戲劇性的強度已經上癮到一種程度：有一天他表示自己不克出席某個活動，問他為什麼，他花了五分鐘反反覆覆描述自己經歷了某件「無與倫比」的慘事，慘到他沒辦法出席活動，但是到底發生了什麼事，事件之瑣碎之無關痛癢，沒有人理解。

多數時候，追求「無與倫比」戲劇性的人，不巧就是其自身刻意避免、刻意超越的普通人，似曾相見的超脫情節不斷地鬼打牆，繁盛得像好萊塢的爛戲：他們的愛情總是特別刻骨銘心；所遇非人的狀況也特別驚心動魄；內心糾葛總是特別讓人食不下嚥；豔遇的狀況總是這麼地巧合得不能再巧；醉酒和親個嘴的理由總是特別深沉；號稱的流浪模式總是顯得如此天外飛來一筆但是又異常安全。他們的故事好像特效做過了頭，拿出來講總是有點肥吱吱的油膩感。

格雷安．葛林（Graham Greene）擅長撰寫世界大戰期間的輕懸疑與政治愛情小說，在他筆下，亂世的愛恨情仇總是諜影幢幢，顯得多疑猜忌、捉襟見肘，任何一刻都可能灰飛煙滅。在這種狀況之下，故事裡當然沒有飛空掃射救國救民的大英雄，有的只是某種性格或道德上有嚴重缺陷的男女，在殘破的家國與人性的愛欲裡互鬥，近乎可笑地自殘。

他的《愛情的盡頭》（*The End of the Affair*）開場不久，書中的男主角輕蔑地形容自己的情敵「保守」，但又相當誠實地自剖道：

「……他是一個非常保守的男人。我用這個形容詞是帶有一點不屑的，但假使我檢視自己的內心，只會發現自己羨慕而且信任保守的一切，就像開車經過公路時可以看到的那種路邊村落，它們的茅草屋頂和石牆看起來如此平靜，讓人覺得安心。」

我覺得這一段形容把男主角矛盾的個性描寫得很入骨。這樣的心境，是平凡人最普遍的困擾——平凡人總是想把自己活得比自己更偉大一點，憎恨平凡就是「追求那渺茫的偉大」最簡單的一種手段，可是他們又沒有能力超越那個境界，就只能這樣無助地哀怨著，甚至羨慕平凡的無所為而為。

因此，一而再、再而三強調自己是藝術家的人，往往幹不成什麼像樣的藝術，因為他一心一意覺得自己與眾不同，個人的定位勝過創作的本意，特別有媚俗和譁眾取寵的嫌疑。

一天到晚說要流浪的人，往往是生活上做困獸之鬥者，所以出遠門變成一種革命，而不只是純粹、單純的出遠門而已，也因此需要宣告，需要把離開當成抗爭的手段。

總是強調自己多麼愛好自由者，心裡面其實並不太自由——一個人如果真的自由了，自由這種概念，也是可以掙扎脫的吧？既然已經可以自由游走疆界之間，何必把自己畫進「自由」的範疇？會飛的鳥，何必整天證明自己會飛呢？既然已經存在了，何必把存在當作一種了不起的事？

喜歡費心炫耀自己情人和戀愛史的人，最愛的根本是自己。一個人喜歡張揚自己的愛情有多壯烈多脫俗，不曉得為什麼就特別能證明愛情的膚淺與庸俗。相反的，喜歡強調自己如何看破男女情事的人，顯得愛情的煩惱特別多。

你不免懷疑那些口口聲聲要做出改變的人，其實是最冥頑不靈的人。

批評別人「自命清高」者，難道不也是在吹捧自己嗎？

一席之地

有陣子我不得不定時前往離家不遠的圖書館。每天早晨約莫八點五十一分，前後腳像指針一樣，準時繞過慢悠悠推出太極拳的人群，抵達門口等候入位。

準時到圖書館卡位，是為了占領數量極少、轉台律極低的筆電區方桌一爿。這差事就和鬧區找停車位一樣，需要狠勁。

過去當上班族的時候經常滑壘進公司，淡水線轉乘板南線，轉乘空間擠得像從信箱口爆出來的垃圾廣告單。班車來了，臃腫的車廂吐出滿腹搖晃的靈魂，接著密實回填，空氣中瀰漫著睡眼惺忪但努力上工的氣氛；眼看就要遲到了，迎來的南瓜車卻總是擠得幾乎連一片生菜葉也夾不下，我微微遲疑，電光石火間旋即有人從後方敏捷超前、踩爛我的遲疑，深深陷進那片柔軟的人牆，擠掉最後一點幾乎不存在的空間，車門嗶嗶闔上，把我拋在腦後，打卡單上的藍色印變成紅色。

我經常回想起那些時光，尤其在搶位置的時候。

圖書館的位置攻防戰，從不講究仁慈。圖書館門口告示寫明白了，每天開館只允許二十七個人拿號碼牌排隊入場，剩下的人不必排隊。如果問守門的警衛為什麼，他們會兩手一攤表示：原本呢，他們是施行排隊制的，但一大清早就會出現搶位的驚人長龍，地方群眾不願意等。以平等之名，等一下也好哇。可是他們偏偏不願意「等一下」，開門是九點，「九點了為什麼不能進去？」——鳴槍就得起跑，越快越好。

館方於是採取折衷辦法：每天只有早起的鳥兒二十七隻可以「保證」優先入館，至於後來的人則採取先搶先贏的放任制。因此，圖書館前的早晨小劇場總是如此演出：九點，門口指揮的警衛總準時打開大門旁的小側門，放進排隊的早鳥二十七隻，等到二十七號一入門，警衛便「嘩！」地拉開正門，揮手要那些擠在門口的人「趕快進去」，說：「大門和側門都可以走！」，瞬間，原本跟在早鳥二十七號後面的人便洩洪一樣急促奔走進館，淹沒樓梯，彷彿逃難爭著要上一條活命的船。

警衛總是在門口如和藹的母親那樣說：「請不要跑！慢慢走呀！還有很多位置。」那是因為他們不曉得筆電區的位置可以瞬間秒殺。

位置的有無經常決定於腳步快慢、私有物抛到書桌上的速度，若兩人為了先來後到相持不下，姿態強勢的（明明就是我先！）通常可以逼退性格相對無語的。有一次爭奪分不出勝負，唯唯諾諾的管理階層被請來當仲裁，那人轉身說要去找「相關人員」來處理，但離開之後就再也沒有回來。至於找到位置、主權確立的，很快便能收拾好倉皇或盛氣凌人的毛邊，突然又變成一個神定氣閒的安逸的人，可以好好過一天。沒有搶到筆電區位置的，便轉而坐在附近，時時以警覺的目光掃描筆電區，準備見縫插針。那種急急切切你爭我奪的氣氛，總是讓人感到煩心。

因此，每天早晨出現在圖書館，自己必定要先壓抑內心對於上樓梯那緊張奔跑聲響的厭惡，但腳步也忍不住加速，惶惶然來到座位稀少的筆電區先占位，確定有了一席之地，這才離開，將水壺灌滿水，走到圖書館外吃一顆饅頭。這時候圖書館外的公園有許多遛狗的人，大大小小的狗兒吐舌哈氣，仔細在各個廊柱與轉角一泡接著一泡撒尿。健康的人、復健的人共享著一日之初，彷彿一切都剛新生，外傭推著行動不便的老人、媽媽推著嬰兒車，可以看得出來哪些人已經從人生退休，又有哪些人正在趕赴人生的某些截止日。

我常常坐在隨便一張石椅或圍籬上，看著那些傻狗和面容呆滯的老人、哦哦學語的孩子。這個時候我常常想很多事，逃避侷促的生命與時間的囚禁感，並且覺得眼前的這些人這些狗，都像哪裡派遣出來的臨時演員，正在後台準備上工。

館內的微型社會多數時候看起來乾淨整潔、有禮上進，安全與衛生皆有嚴格管控的值班表，警衛定時巡邏，勤勞持掃描儀器偵測廁所杜絕變態（及其玩具），並時時高舉一張提醒你小心扒手的告示牌走動，以示威武。所有一切都竭盡可能地歸納成類，表現秩序，各層樓分別規畫出敬老尊賢區、青少年區、兒童區、外語區、學生K書區，以及杳無人煙的學術典藏區。

退休老人喜歡在敬老尊賢區的沙發上納涼，然後集體睡著，因而沙發上緣總是染著一圈鬼魅似的髮油痕跡。某日我從一名呼呼大睡的老人身後走過，我瞄了一眼他讀到睡著的書，書名是《長壽的祕訣》。

敬老尊賢區不遠處就是專門放育兒書與烹飪書的應用科學區，經常有母親帶著孩子來，半文明狀態的小童偶爾失控，錯把四周K書區當遊戲場（用功的人們看起來確實像塑膠玩偶），開心奔跑，甚至放聲喊「來抓我呀來抓我呀」，挑戰為人父母的羞恥心。此時家長只能大聲地「噓——！」，氣音做足，講一些在圖書館不要那麼大聲之類的文明訓話，講給小孩聽順便說給其他人看，練習社會群體的和睦相處。

乍看寧靜的水面下，有看不見的暗流。圖書館流動著許多戀愛中的少男少女，他們穿著制服，實踐衣著的隱學，在小地方費煞心思，以一些細微的裝束與外觀變異，來彰顯強大的「我在乎」，你如果仔細看，就會發現那些暗語，就像在波光裡終於看見跳動如音符的透明小魚。他們在戀人耳邊絮語，心領神會地淺笑，在禁止張揚的公共空間裡密謀一份情愫。圖書館是多麼適合青春愛情的地方，那樣隱晦的，只能輕輕握著手的纏綣。彼此傳著紙條，交換筆記，默默地一起為了功課而努力，或者為了其他。

至於館內的青壯年人，似乎有談不完的生意或家事，電話一響，便從安寧的姿態中破格，慌慌張張離開位置，躲到一個自以為隱蔽的地方，諸如廁所，或者別人看不見的書架中間，一下子把聲音放開，講些俗事，交代些什麼。

在所有的吵鬧意外中，最好聽的是學步小兒的咕噥軟語，他們不曉得如何輕聲，但是那細小的聲音，聽起來總是好甜，有一種天真的清澈。

圖書館的隔音效果通常做得很好，氣溫一年到頭都舒適，如果不特別朝窗外看，這是一個沒有四季、沒有熱浪與冰雹的空間，梅雨時期激動的雷響，在館內聽起來也是含蓄而遙遠。所有的騷動都來自於內部。某日，向來肅穆得像墳場的圖書館不太安寧，有隻迷路的胖松鼠跑進人口最密集的二樓，所到之處都引起恐慌，有目擊者甚至失聲尖叫：「是老鼠嗎？」松鼠跑步原本不是什麼恐怖的錯誤，錯誤的是松鼠跑到不合時宜又沒人認識牠的地方。這場危機導致一群成年人在寧靜的書海中如大象般疾速奔跑、打草驚蛇失控大吼「在這邊！在這邊！」，定坐的人們如海濤般驚彈而起，所有應該屬於圖書館的沉著氣質突然山崩，毫無戰略可言的緝捕者，拿出武器水桶和捕蝶網，如牛仔追捕野牛。

又有一天，兩名成年男子在森林一樣濃密的書架中間突然推打了起來，其中比較陰沉的那位咬牙說了些「走著瞧」之類的狠話，比較張揚的那位就嫌惡地斥喝對方，邊罵邊動手推人肩膀，越推對方的語言暴力就更厲害，兩個人推推擠擠大聲嚷嚷一路戰到了筆電區，像一團發出噪音的火球，引起眾人側目，差點就撞上一名自修的外國人，外國人抬頭喝道：STOP IT（夠了）！兩個人突然靜止，幾乎有自我反省的模樣。其中一位覺得很委屈，民族自尊心受傷害似的，發射最後一顆大砲，大聲用英文替自己辯護：He… he threatens me（他……他威脅我）！

兵家必爭的筆電區和其他自習區沒有多大的差別，唯一的優勢是此區設有插座，在筆電待機時間沒辦法突破之前，筆電區都會是圖書館的黃金地段，是四周庶民區羨慕的對象。館方規畫的筆電區極小，向來供不應求，有陣子館民特愛自備延長線向筆電區的人商量「借」電，筆電區遂像慈善中心一樣，廣施電流。館方不喜歡筆電區長出水母觸鬚一樣奔騰的延長線（就算是為了敦親睦鄰），派出糾察隊公告勸導，並且影印「公共場所充電是為『竊電罪』」的新聞剪報，一張張放大貼在桌前，宛如給電賊的情書，不過是被貼在訓導處公布欄的那種。

這讓人不禁想，這世間是否也有「竊愛罪」？當欽慕的對象盜走了一拍心跳。閱讀，算不算偷渡知識？那些在沙發上偷閒睡著的人們，何時懂得清償？人和人之間很微妙，喜歡你的就算是捐，不置可否的就算是借，不喜歡的就算是竊了。情愛也如此。

能夠名正言順充電的筆電區有三種常客，股票老伯、看似業務的男子與考生。股票老伯總是花半天的時光盯著像心電圖一樣高低起伏的股市行情，聚精會神的樣子彷彿閱讀的是自己的生命線。西裝革履的男子，也許是翹班的業務，也許是等待面試的人，經常三三兩兩出現，把圖書館當成網咖，在線上遊戲的虛擬戰場打打殺殺，扮演某個戰將。考生們要不在電腦上播放補習班名師的複習影片，要不就做著無止盡的筆記和練習題，以筆作矛，練習命中紅心。

我經常偷偷觀察那些疲倦的、彷彿靈魂出竅的容顏，甚至他們擺出來的物件，每個人的性格和社會位置光溜溜的攤在桌上，如身體的延伸。聽朋友說自己特別喜歡到公共場合念書寫報告，主要的原因正是因為覺得自己暴露在陌生人的眼神之中，因此生出被監視的緊張感，所以不敢怠慢，無論如何也要維護上進的樣子。有人需要別人的眼光來砥礪自己的奴性，但也有人很霸氣的修剪別人看自己的眼光——我想起某日清晨，一名長髮妹妹坐在空蕩蕩的自修區域，我從遠方經過，看到她右手伸得老長、僵硬舉起手機「自拍閱讀側影」，左手同時幫忙整理飄逸的長髮，使其款款垂下——可能是要上傳到臉書打卡圖書館吧，旁邊附註說明「美麗的清晨，一大早就到圖書館用功囉！」之類，附送花俏的表情符號，啾咪。然而沒有逗留太久她便消失了。

某個尋常的下午，就像查詢館藏目錄、抄下圖書編號，在浩瀚書架中準確抽出要找的書那般，一名國中同窗突然從數百位面無表情的人海中認出我來。那時我正低頭，他突然遞給我一張紙條，上面寫我的名字，打了個問號。我一抬頭就沒有困難地喊了他的名。兩個失聯十幾年的人，突然就啪噠接軌了，彷彿這十幾年的空缺紀錄，當下都成功消磁，又像是這些年的歲月用力穿透我的身體而過，過去和現在，剎那間結合成一體。我們聊了許多，談及少年歲月與這些年的時光，彷彿抽出一本只有起頭的書，潦草地把後面空白的頁面補上內容。

被借出的書，鮭魚一樣游回架上。曾經愛不釋手的作品，也可能輕易忘了。我常常想，圖書館的書架，為什麼永遠都填不滿呢？

像退潮後海灘上露出的貝殼，入夜後，連最熱門的筆電區也漸漸讓出了座位。

翌日，在遲到的命運襲擊之前，人們指針似的腳再度滴答滴答走到門前，耐心地等。

鴿子

「為什麼你的模樣如此地疲倦？
你曾經飛越哪些地區？
你又為何抵達這片潮濕的，黑暗的草地？」
靜靜地，他只是靜靜地站著

我懷疑他的雙翅究竟多麼沉重
我懷疑他正在想些什麼，莫不是
那些風雨獨飛的記憶？——
靜靜地，當他靜靜的與我對視

——孫維民，〈鴿子〉，《拜波之塔》

城裡的鴿子和人們緊緊相鄰，彼此往往只是牆裡牆外的關係。

閏九月前的夏天，一對鴿子夫婦選中阿桂窗外冷氣機下方的腹地，和我的夥伴阿桂比鄰而居。

Coo……Coo……鴿子的呢喃在英文字典中有相當柔情的解釋，但在沉睡的夢裡聽起來暗潮洶湧，像法式喉音的宣言，也像在黑暗裡糾纏風聲的老風琴，日日弄皺清晨的好夢。

不勝其擾的阿桂和我商議，要用什麼方法驅走牠們？從動物園崗位退休的老爹建議在窗前黏貼巨大的老鷹照片，最好有鷹眼特寫的那種。

已經在都市裡謀生這麼久的鴿子還會害怕老鷹嗎？會的，有人說，恐懼可以遺傳，害怕能浮水印一樣，生生世世留在基因裡，在還沒有體會過某種恐懼的時候，在心底埋入恐懼的種子——聽見響尾蛇尾巴發出流水一樣的驟響，青澀的小馬也會驚跳起來，那是一種求生本能。

我們終究沒有懸起掠食者不怒而威的肖像，以形而上的恐懼逼視獵物，啟動牠們逃命的反射動作。鴿子情侶只要在凌晨拉起嗓子，阿桂便會在半夢半醒間隆隆搥打牆壁，牠們聽見鄰居的抗議，便識趣地安靜一會兒。

城裡鴿子和人們的關係比夢與現實的關係更緊密。他們同在某個遮風避雨的簷下，奉行一夫一妻制，努力生兒育女，於狹縫中生存，也有居住的煩惱。每日，鴿子與人們輪流離巢，風雨無阻在淺碟似的盆地中覓食，於天際線的缺口間賣命，下定目標、起飛、俯衝，尋找良好的制高點，熬過一個又一個多雨的冬日，漸漸也有了熟悉的移動路線、綴滿個人情感的城市座標，在日積月累的微塵中撫平某種程度的獸性，梳理羽毛，在生活中定位出應對之道。

作為最普通的那種灰色鴿子，野鴿並不特別宣揚自己的存在感，討厭牠們的人稱之為「長了翅膀的鼠輩」（rats with wings）。老鼠和鴿子這一類的動物，即使餐風露宿，很少在意義上被分配到「流浪」的圈子，和宜家宜室的都市犬貓共煩憂。

流浪是針對歸屬衍生而來，或許是鳥兒能飛，暗地裡被期待是野的，流浪並不稀奇，無須特別標註；又或以為牠們必然有巢可歸，啣泥草而居，處處可以為家，不適用於流浪的範疇。

城裡的野鳥於是像久居異鄉的遊子，一旦脫離了原始的處境，只能懷著身分認同的尷尬問題，在不確定中安頓身心，儘管已習慣了遠方的霓虹燈，在緊湊的都會生活裡站穩立足之地。

飛進城裡，就是另一種形式的漫遊了。現代叢林有如此多的機會，也有如此多的不自由；牠們終究不像山裡的老鷹，林裡的綠繡眼，能夠自在回應自然的呼吸，都市的危險畢竟是非常不同的。

那些灰階、不太時髦，頸部閃現金屬光澤的鴿子，既不能加入色彩斑斕又歌喉優美的家鳥行列，接受定時定量的供養與娛樂，亦無法回歸山林，當隻真正的野獸，只能勉強活得像一片將雨欲雨的灰雲，永恆地在破碎的城市天空穿梭。

情勢使然，野鴿子即便活在城裡、在家門外，不時在公園與廣場裡走動，人們在心態上依然把牠們當成化外之民，是野的，平常不太放在心上，必要時予以驅逐。

馴養的鴿群則是截然不同的階級了。為了獎金與傳奇，鴿舍養的鴿子講求「血統純正」，專門吸收骨架大、飛得遠、任勞任怨能夠參加比賽的鴿們，平時密集接受訓練，學會人類的指令：只要揮舞紅旗，便要持續地飛。至於擔任重要場合臨時演員的白鴿，牠們穿著白色制服，集體飾演和平的信使，在某些典禮中儀式性地飛向藍天。

阿桂飽受鴿子鄰居騷擾那陣子恰好受了點風寒，咳嗽拖了一陣子都好不了，阿桂的媽便緊張起來，懷疑是鳥鄰居帶來的汙染。和許多張開羽翼的媽媽一樣，母愛的防衛機制極容易在不安中觸動警鈴，產生母愛神經質的病理學聯想：肯定和窗外不潔的鴿子有關。傳說中的鴿子不是帶有什麼可怕的病菌嗎？是致命的吧？——醫生說得沒錯，在母親的心底，一般來說都是口耳相傳的偏方最有效，又屬傳說中的病最可怕。和平的象徵，也不可掉以輕心。

留不得，必須把鴿子趕走，緊張踱步的母親下了逐客令。就在那時候，阿桂發現神鴿俠侶竟已在冷氣下方築了巢，雖然簡陋，卻具體顯現了工業化之後的餘韻，破電線和鞋帶隨便兜攏成一個同心圓，也就是巢了，看起來和生繡的冷氣機支架毫無違和，更重要的是：在這解構式的迷你違章建築上，多了兩顆蛋。

已經孕育了新生命，就不好趕盡殺絕了。小小的意外將命運撞離了軌道，絕處燃起了逢生的盼望，在貧瘠中灑下雨露。慈悲的芽從無情中解放出來。

阿桂說，既然這樣，就等小鴿子會飛後再趕牠們走吧。

為了這群不速之客，收留者阿桂開始蒐集鴿子資訊，回家就趴在窗邊觀察，終於對牆外的這個小家庭多了點認識。

每天，公鴿和母鴿遵奉相當準時的交班制，白天母鴿在外覓食活動，傍晚五時左右返巢和公鴿換班，接下孵蛋任務，一直到隔日約莫九點，公鳥返巢接班；周而復始，比打卡上班的通勤族還準時。

這對鴿子夫婦，丈夫有些精瘦，性格膽小，一點風吹草動即棄巢而去，飛到對面大樓的平台上，遠遠地踱步張望，非得等到四周沒有任何可疑人影才敢回巢。母鴿圓潤些，也強悍些，就算打開窗戶拿手電筒和放大鏡在她身邊探頭探腦，她也如如不動，眼睛眨也不眨，是堅毅的母者。

兩週後鴿子出世了，光禿禿的肉球長著細細的乳毛，成長速度飛快。雛鳥和父母之間有溝通暗號，只要乳鴿發出高頻的召喚，父母便超人一樣忽然現身，降落於花台附近，準備咧開大嘴餵食嗷嗷待哺的孩子，比滿格的電訊傳輸還火速。

阿桂對這些窗外的生命變化感到十分興奮，特別到鳥店請教禽鳥達人的意見。（鳥店像香港的籠屋，壅擠而嘈雜。許多雛鳥被養在抽屜裡，時間一到，老闆便拉開抽屜，取出特大號針筒般的餵食器，將食物填壓擠進一整排圓得像憤怒鳥的寶寶嘴裡。）

阿桂懷著矛盾的心情去了幾次鳥店，最後買了除寄生蟲的噴劑、消毒水、手套和口罩，捕鳥網、長夾和香茅水，也買了餵食器和飼料。一方面想好好照顧牠們，一方面又自知不能讓牠們過得太舒服，唯恐牠們翅膀長硬了之後飛回來擾人。自私程度的收束，實在是文明社會的艱難考驗。

從此每天下班回來，阿桂都要戴上淡綠口罩和粉紅橡膠手套，打開窗戶觀察鴿子家族，仔細檢視雛鳥，關窗前再拿出消毒水往窗口四個角落嘶！嘶！嘶！嘶！噴霧四次，貼符咒一樣，杜絕看不見的「髒東西」，防患於未然。

等到乳鴿長得像父母一樣大，而乳毛依然稀稀落落的時候，阿桂決定把乳鴿移到窗口正前方可以曬到太陽的花台上，還替乳鴿們搭了一個小涼亭，窗口頓時成了生物觀察平台。

原本冷氣機下侷促的家被迫拆遷後，乳鴿的父母從此只有在餵食的時候才回來，而且更謹慎了。

少了家長的護衛，某天夜裡，一隻乳鴿從花台滾下樓去，阿桂連忙持手電筒到大樓底下。不多久，黑漆漆的中庭裡便瞧見一隻不太會飛的乳鴿，紙屑一樣在路面上東倒西歪地飄移。「如果沒救牠，會被貓叼走吧，」阿桂悠悠地說。已經捨不得了呢，但是阿桂堅持說他沒有心軟。

乳鴿的毛漸漸長齊，練習振翅多日後，兩隻鴿子接連兩日相繼離巢。飛離花圃的那一天，小鴿子都先啟程到對面大樓的平台上逗留，來回踱步，伸著脖子東張西望，好像在進行某種人生初始的慎重回顧。

小鴿子離家後，阿桂把花台上的空間大掃除一番，灑了大量據說鴿子討厭的香茅水，以網子隔出拒馬，團團圍住冷氣機，防止再有鴿子回來築巢——鴿子戀家的性情舉世皆知，千山萬水也要回到記憶原點的執著，注定生生世世都要受人利用，替人們傳信，被當成賭注的籌碼。

淨空的時光沒有延續太久，某日清早，阿桂的夢還沒醒呢，他的窗口竟再度傳來大聲而激情的 Coo……Coo……！不可置信的阿桂抄起補鳥網，猛然打開窗戶——原來鴿子夫婦又鑽回冷氣機底下的老家，這次是從側邊的漏洞鑽進來的。母鴿見人開窗，啪地振翅而去，留下慌張的公鴿，一時來不及逃走，就地遭到拘捕。

說是要給這隻「非法移民」一點顏色瞧瞧，阿桂先把公鴿困在拒馬內，又買了個鳥籠放在花台上，將牠隔離拘禁。先給牠驅蟲，再定時餵飯，時不時就拿根木棒輕輕戳牠，公鴿看到人類的手一靠近便緊張得拉屎。

最初公鴿不知道飼料是可食的，餓了好一陣子，阿桂為了讓他學會吃人工飼料，便把一些飼料灑進水盒內，讓牠熟悉味道，接著送飯的時候，把公鴿的頭壓進飼料盒，牠便學會了知道要吃。

我想像母鴿像王寶釧一樣癡癡地望夫，人世間的一天等同鴿子的好多天吧，覺得拆散公鴿和母鴿有點殘忍，每天都勸阿桂把牠給放了。阿桂說要讓牠「學乖」得再等等，而且自認提供的是飯店服務，而不是監獄禁閉，堅持至少限制牠活動一個禮拜，最終關了牠足足兩週。這段時間，有一隻鴿子偶爾會來看牠，但看起來又不像先前那隻母鴿。我不禁想起曾經和阿桂在忠孝東路的U2看的電影《鳥人》（*Birdy*），也想起Birdy晴空萬里的笑臉。

剛被捕的時候，公鴿眼睛周遭鑲有一圈血紅的眼線，養了一陣子，紅線褪去，看起來反而少了點疲態，眼睛亮亮的——儘管這可能只是人類自圓其說的誤讀。隨著時間的推移，原本驚慌失措、遭褫奪飛行的公鴿，最後露出了一點安逸，甚至肥胖模樣，無論是多麼不得已。

每日兩次定時將飼料送進鳥籠的小孔時，受馴服者便走過來低頭啄取，吃相起勁；平常沒事的時候便瞇著眼睛打盹，像極了當差的冗員。打盹的時候，鴿子全身的毛蓬鬆成一團毛球，把臉埋進胸口的羽毛軟墊裡，我經常和阿桂貼在玻璃前看牠睡覺，看著看著也覺得溫暖。也許鳥兒的夢遼闊許多，夜裡手電筒照牠，也難得讓牠片刻警醒。日子睡著睡著便這麼和平地過去了。

籠子外卻不太平靜，為了這第二回合的人鴿攻防戰，阿桂買了一把BB槍和水溶性BB彈，不為了暗殺，只想製造點警告，嚇嚇對面大樓上經常徘徊的鴿子，讓牠們不再把這附近當成築巢散步的良好地點。為了實驗ＢＢ槍的嚇阻效果，有幾天他一早便站在浴缸上，把廁所上方的透氣小窗當成堡壘的架槍口，只要瞧見對面大樓平台上出現逗留的鴿子，便朝牠們四周發射。ＢＢ槍的聲音在大樓與大樓之間造成游擊戰似的迴響，沒想到鴿子一點反應也沒有，依然優哉地晃蕩，大概是已經習慣了台北造勢的噪音，學會充耳不聞。鴿子不會反擊，最後倒是對面鄰居出來罵人了，阿桂心虛地從砲口撤退，槍也收了起來。

此後，選了一個晴朗的日子，阿桂趕在早晨上班之前，把籠中昏睡的鳥放了。這次告別，鴿子與其他同伴沒有再回來，連對面大樓的平台上，日後也很少看到鴿子了。

或許是此處不宜久留的耳語真的在鴿界中傳開；或許是，所有以為重獲自由的，只是從一個牢籠到了另外一個牢籠。

我因此想到，客居紐約之時，我知道城裡有一群鴿子，從來不曉得「天空」的意義是什麼。牠們沒有在所謂的天空中展翅過，不知道什麼叫做白雲，什麼叫做雨水，什麼叫做陽光。

那是紐約紅色1號線第168街地鐵坑道裡的一群鴿子，牠們的家距離地球表面有一段難以飛過的距離，紅色1號線特別的深，人必須先搭乘電梯，再穿越C線地鐵，沿著樓梯往下走個兩層，才能來到最下面的1號線月台，而隧道往北要到200街左右，往南要到125街左右，才能來到比較接近地表的地鐵站。但是，宛如怪獸般呼嘯而過的地鐵每三分鐘就要輾過隧道一次，如果這些地下鴿子家族真的想過要投奔天空，這幾十條街的飛行路線可以說是非常危險。

牠們所體驗到的風速，不但方向固定，而且定時定量。牠們所看到的光線，也許是某個旅客身上金屬首飾的折射，也許是隧道和車頭流洩出來的光，但從來不是來自遙遠星球的光芒。

到底率先來到168街坑道定居的鴿子是怎麼過來的呢？牠們的家族內是否流傳著一個有關於天空的神話？有沒有離家出走的鴿子，拎著行李出門去尋找傳說中藍色的天空？

多年前的某一天，我經過紐約紅色1號線第168街，看到幾隻在隆隆噪音中棲息的鴿子，那些原本應該和天空很親近的生物，侷促地在一個完全人工的場域裡生存著。

這一切看起來像極了科幻小說裡的預言，機械時代終於達到激烈的高潮，天空變成了鳥兒們的神話，光不是光，風不像風，雨水不再純粹，而人類再也看不見自然的風景。

兒時逛木柵動物園，我經常搭遊園車上山，先到園區深處的大鳥籠逛起。所謂的大鳥籠就是一個布下天羅地網的龐大生活空間，大到我認為網內的鳥可能完全沒有意識到自己正在籠中，那裡有河有棲枝，有風有陽光；遊客可以步入大鳥籠內部參觀，近距離體驗虛構的真實、精心規畫的自然，帶著一點興奮、一點悲憫。長大之後明白了人的極限，也曾想過或許鳥族也是這樣看我們的。

阿桂的鴿子飛走後，空蕩蕩的花台也許受鴿糞的照顧，野草長得特別起勁，窗前一片自動自發的藹藹風光。

初秋，我從跳蚤市集挑了張小圖送給阿桂作紀念，那是從泛黃英文鳥類圖鑑拆下來的一頁，主角長得神似阿桂的鴿子，平凡，但小眼睛發著光。阿桂把圖擱在窗口。薄紙托著的二度空間裡，鴿子斂翅而立，胸腔飽滿，有一種立體的俊朗，彷彿隨時能遠走高飛。

以跳水的姿勢騰空

他們都說嬰兒天生會游泳，畢竟每個人都在母體沉潛過幾個月，在赤裸裸面對人世之前。

游泳的天分因此是慢慢被遺忘的，因為疏於練習，如慢慢脫落的純真。當我們學會用肺葉呼吸，當陽光和雨水都能直接灑在我們身上，就像上岸的人魚，一旦沒有後路地邁向這個龐大複雜的世界，有些本能便臍帶般漸漸乾枯，被歲月摘去，從此必須辛勤垂釣，才能重獲一些原始的能力。

我在美濃鄉間度過十分野性的童年，想泅水直接進水渠或河裡就行了。後來搬到台北，城裡的玩水程序很拘謹，家中浴室又沒有浴缸，偶爾在弟的保母家頂樓，和一群孩子擠在不比人孔蓋大多少的充氣泳「池」戲水，與其說是在泳池，不如說在泳池的想像裡。

人和自然漸漸疏遠的程度，和城裡泳池漸漸密集的程度對等。到底是因為失去了才想擁有，還是相反，我已分不清楚。

火車曾一次又一次載我穿越北國郊區小鎮，路過許多尋常人家後院。冬季的後院泳池覆上一層罩布，上面積滿腐敗的落葉和殘雪。水花四濺的夏季永遠太短，連接夏季與夏季的是悠悠的等待，秋霜與寒冬。多半空無一人的泳池，無效的時間如此漫長，如伸出手而無人接去的刪節號，使得那些忍耐著空虛的凹穴，深深的，像疲倦的眼窩，有望穿秋水的模樣。

在向前疾駛的火車上，倚在窗口望著連綿的後院風光，那些覆著罩布的泳池，經常使我感到過客特有的寂寞。

想起來，南國熱帶海邊度假村倒是從不打烊，像捨不得閉上的眼睛。寧靜無波的泳池在海的面前，顯得特別居家。為了隔絕來來去去潮浪似的，旅人性質的無常，它們促銷一種輝煌的占領：海景是我的，沙灘與泳池都是我的。

如果候鳥不需擁有一棵樹，為什麼人們需要擁有一座泳池呢？如果他們的愛連一個季節都填不滿，親近都是如此短暫。

我家老公寓旁有座名為「自強」的公共泳池，幼時老爹偶爾會帶我去這裡泡水。最初大人連泳衣都沒替我準備，我是打赤膊進泳池的，那是一段多麼不拘小節的時光。因為是個孩子，所以裸一點沒關係。（很快地，女人的赤裸就要像肉牛可食區塊圖鑑，漸漸依照部位切割出輕重不一的恥感——裙子短一點吧，媽媽要斥喝：「邪門！」的那種恥感。有些部位甚至比別的部位值錢些。）

成年後，喜歡浪跡到自然深處的朋友，多多少少都嘗試過裸泳；也許趁著夜色正濃，也許答應了野性的呼喚，在一個沒有人看見的地方。回歸到初生狀態的自然中，有些人因此感到裸的珍貴，忽而感動，彷彿意外撿到一顆遍尋不著的鈕釦。

能打赤膊進泳池的兒時，我家附近還有許多茂密竹林。童年結束後不久，所有竹林都消失無影，彷彿幾個響指之間，有人連夜施展幻術，把稻草紡成金紗，把竹林織成百貨公司鋼樑，大樓頂層鑲入泳池，都市裡的泳者從此可以在半空中潛水——地表越來越擠，突飛猛進也是求生幻術。

聲勢凌厲，都市叢林竄起的速度和西北雨讓人濕透一樣快，無論怎麼跑也躲不了。地景風雲變色，彷彿不小心觸倒的骨牌，廢墟忽焉繁華，或者逆向進行，風景從記憶中撕裂，長出一張陌生的臉。

整座城都變了，我家旁邊的「自強」游泳池卻在時代洪流中不動如山，和名字一般堅忍。「保證自強、不強免錢」，我想像它的廣告詞像補習班招生那樣豪氣，插圖是一位剛上岸，渾身晶晶閃閃流淌超人光芒的泳士。如同這個城市不斷出現的教誨之名，比如「莊敬」，比如「忠孝」，「自強」也飄散著淡淡的漂白水氣息。

更衣室出口喜好砌一方水池，游泳前必須涉水而過。小池大概有淨身的象徵意義，近似「你好乾淨，走出這裡你就變得好——乾——淨」的催眠儀式，讓泳客集體幻想汙穢將成功拘留在方格內。然而誰都明白控制的虛妄，真正的骯髒危險多半狡猾且神出鬼沒。我總覺得那池子有沼澤的氣味，有鱷魚潛伏的恐怖感，冰涼混濁，像千萬人的腳臭在我跨進去的那一秒，隨時要從水面下襲擊，吞沒我的腳。

公共游泳池的幼童池多半形狀不成體統，慈愛地允許胡鬧，恰似我們晦澀又開闊的青春；另一端，長方形刨器般的標準泳池內，成年泳士從一個點衝鋒至另外一個點，籠裡焦慮的徘徊的獸，在岸與岸之間折返，以被框住的自律。極少人在方形泳池裡操作叛逆的游泳路線，這得感謝救生員維持秩序，不時吹哨子警告——當然不是夜店嗶嗶、嗶嗶的那種妖嬌吹法，救生員的哨音聽起來特別凌厲，有生死一瞬間的雷擊感，如劈上講台的藤條，或牛仔手中激射而出的套索。

救生員的警哨有時讓我想起朋友喬治。他是天才型的樂手，自由穿梭在各種音樂類型和樂器之間。幻想中，只有像他這樣特別野性的人，才有本事把哨子吹出華麗如魔笛的樂章，讓整個泳池……不，整個城市的人都隨他出城。

然而喬治是和世界格格不入的孤狼，不喜歡和人群攪和，偏偏他的工作是正經八百的婚禮樂手，必須消化大量的耳鬢廝磨與人際宣言，演奏罐頭一樣的甜膩情歌，控制煽情的濃度。當年搞搖滾樂團的時候，他每次表演都自備沙灘躺椅，從頭到尾都以曬太陽的躺姿刷電吉他。音樂是他的救生筏，而生活是惡水。喬治曾經報名過救生員訓練班，但最後一次見到他的時候，聽說救生員資格考沒有通過，他面無表情地說，教練罵他：「救人姿勢不正確，還沒把人救活就先把人勒死啦！」

關於游泳，包子老爹和母親大人分別擁護兩種教育態度。母親大人遵奉的是嚴格的科學精神，所以平時特愛做西點，因為好吃的甜點需要非常多次反覆練習，材料的比例、每個環節的時間都必須精準，那是零點幾克和幾分鐘的講究，必須跟上腳步，抹上一層厚厚的耐性與恆心，否則理想的成品就「不對」了。

包子老爹喜歡大火快炒的風格，他的泳技是從河裡學來的，是撲通跳進水裡，從狗爬式莫名演進而成。無視狗爬式的前進能力，母親大人不喜歡這種不正統的學習，崇尚師承正典，用正確姿勢踢腿換氣，我懷疑她有本戰略祕笈，詳載吸入肺部的正確空氣量，或鼻孔露出水面的正確高度。

從搖搖擺擺的水母漂開始，我的性格便在父母兩個極端的括弧中間，漸漸找到自我詮釋，培養出一種水性。

小時候游泳毫無畏懼，長大了倒是漸漸長出了戒心，並非遭遇了無數水下的偷襲，體驗過踩空的失措，而是慢慢認識了真正的黑暗與死亡，知道死亡可以那麼近而且深沉，如黑潮能挾持最強壯的人遁入沒有回頭路的海溝。

擅泳的人告訴我，在水裡碰到溺水的人千萬別讓他抓住，否則兩人會一起沉落；最理想的營救方式，是趁機過去從背後踢他一腳，或非常多腳，讓他漂近岸邊。要如何找出有效空隙，在水中以連環無影腳使目標物安全著陸，想到那個畫面我就感覺腦子抽筋。

某年夏天，我在看台高處等弟弟下課，遠方有位泳技不錯的小孩不知為何突然在池邊溺水，像暴雨中的蝴蝶……失去方向的孩子在無所依附的流水中和命運搏打，在生死交關的漩渦中，終於掀開一張「機會」的牌，岸頭施捨似的，放他回來。

上岸後的孩子坐在池畔哭得很傷心。那小小的手，以及孩子肩膀劇烈抽搐的畫面如一隻萎頓的幽靈，從此潛伏在腦海的陰翳之處，在我疲憊而脆弱的時候，動搖我，使我覺得危險。

有差不多五年的時間，我經常前往一處隱匿在林深之處的湖泊游泳。北國的林相鬆散整齊，不似南國的糾葛蕪雜。疾步到湖邊至少要一兩個小時，路上難得碰到其他山友，靜謐小徑偶見蛇蛻下的舊皮，或無人光顧的豐碩野果，連最膽怯的野鹿也敢駐足注視像我這樣的外來者。

我總是抱著外來者的心情走在荒郊的小路上，走在異地，如此我的感官特別敏銳，且奇異地感到融入。那些直挺的寒帶林木，彷彿梳子的尖端，整理我的心緒，使它柔軟。

林深之處有一面湖做的鏡子，光可鑑人。

加入湖裡的小魚游泳，我喜歡懶散且寧靜的仰式，在清澈得讓人感覺薄脆的湖面如葉漂流，看浮雲變幻。仰泳的時候耳朵在水面下，可以聽見遙遠另一端的細微水浪聲，或者水鳥溫柔的振翅，還可以聽得見自己的心跳，撲通撲通，好像聽見自己的靈魂，聽見梭羅的警告。

也有害怕的時候。突然間雲動得太快，使人暈眩；忽而來到湖心，終於發現岸邊已經太遠。

或者水中倏然拱起巨大圓弧的鋼色獸脊，湖面如沸水震盪，從中裂開……水怪驀然探首，在頰邊噴吐濕氣……還好這種事並沒發生。但是啊，「有怪獸！」的雜念會在平和的漂流中如水蛇般閃現，明明知道是虛無，還是莫名一凜。

無論如何，游回岸上的時候必須壓抑緊張，以免緊張鐵鍊似地綑住手腳，使岸邊感覺特別遠，特別難以靠近。

在深不見底的湖面我選擇背水而行，但在泳池我喜歡潛水，雙手合十向前瞬間墜入池底，划動臂膀製造出一個人的洋流，熨斗般貼地滑行，感覺背脊上的水壓，輕柔地擠壓我的胸腔，以身體裡所有的氧氣和力量支持自己專心向前，只是向前，不必費心於八爪章魚或小丑魚的龐雜交際，單純在那無邊的空洞之中，專注地，存在。

游泳是一種孤獨遊戲，難以報隊。以往學校規定每個人必須在泳池內橫越一定的長度，作為畢業的要求，我們的游泳課就是克服這段距離的相關訓練，縱使很多女生都假裝月經來潮，長時間在岸邊納涼。

我不確定當時的訓練完成了什麼樣的使命，如果有一天我們都被野放到荒島，大家能否克服泳技的差異，合作無間？那些永遠學不會換氣快要腦缺氧的同學，那些連漂浮都有困難的同學，還有那些在乎自己胸脯太大以至於無法專心上課的同學，後來都如何了呢？或許有些已揚帆出海，在太陽眼鏡與防曬乳底下過著乾燥無憂的生活。

在這個世界裡泅泳過久，心態上也會長出那種蒼白無力的皺褶。在我需要額外一點慈悲的時候，我喜歡選個遠離塵囂的高處看夜景。

兒時我有兩個幻夢，一個是能夠在一大片華麗的風景正上方盪鞦韆；另一個是遇到人潮洶湧的時候，以跳水的姿勢騰空，魚一樣擺擺手便從群眾上空優美地溜走。看夜景的感覺是這兩種幻夢的結合。

我的阿嬤曾在後院的睡蓮大水缸養小魚，上次回鄉時我問她魚怎麼不見了，那時天氣暖暖的，陽光披在彼此肩上，她站在水缸旁露出迷惑的表情，眼神探照燈似地搜索池水，「唔知走到哪去了喔」，她用客家話吶吶地說。玻璃水面下似乎什麼也沒有，只有她自己的臉影。

我站在世界的邊緣，在情感的岸上，也常有這樣的心情。

【後記】有噪音才是生活

我是不怕生的人，但在某些場合我衷心期望保持人際關係的疏離，比如剪頭髮的時候。

前陣子我終於停止和我家對面的裁縫師合作，如果我想補褲子破洞，一律捨近求遠，騎腳踏車到幾公里外找另外一位裁縫師，首先是因為他夠沉默。

遠方的裁縫師與妻子合作開業，工作室就在自家客廳，雖然做的是修補的專業，但店內放的幾張籐編板凳被坐得陷落，正中央最終破了大洞，也沒有誰起心動念去補一補，工作室太忙，到處都是這種綻開來的東西。許多人經常帶著奇怪的物件到他們店裡提出更奇怪的請求，但無論前來的人和物有多戲劇化，他們鮮少評斷、從不驚訝，很靜，就像大地見證森林裡的花開或狼群的哭泣，冰河流過他們也不結霜，颶風吹過他們也不多眨一次眼。他們的顧客源源不絕，導致牆上一路掛到天花板的待取之物恆常變化，以快轉的方式表現世態榮枯。

大概是因為充分展現了大地之母的那種安心感，上次去的時候，我碰到一位只穿四角褲的大叔站在縫紉機旁邊，坦腹與裁縫師討論如何讓褲腰縮小兩吋，幾乎讓人以為他們也生產國王的新衣。

在那片近乎失控也絲毫談不上美麗的小空間裡，我認為裁縫師在這個世界上最激烈的幻夢及破敗、公共空間與私人情感之間取得了最好平衡，就像一名頂尖的平衡藝術家，可以拿著一根針線，沿著一條在高空抖動的繩索，從人的心底走到現實世界的尖塔，抵達終點之後，他不回顧，也不多停留一秒接受群眾歡呼，只說：沒事。

就美學觀點來說，我不是保羅・克利（Paul Klee）那一類的創作者，他在拼裝色塊的時候，有一套非常科學理性的色彩「理論」，透過精心調製來打造他心中最賞心悅目之美。我也不喜歡雪白而冷的整潔空間。相較於方正與華麗的堆砌，我更珍惜毛邊與出格的野性。我經常提醒自己避免過度強調結構性而導致擺弄現實，以遂行個人的鋪陳。「理論」與精準可以透過練習操作出來，但人性的直覺有很多「不那麼對」的地方，需要隨筆的珍視與保留。過去我曾在畫室學習，知道自己能畫出精準的人物素描，但我永遠偏好多一筆即壞、難以修改的水彩與水墨，並且喜歡在醜壞與粗糙裡看出一點滋味。我寫隨筆，有點像音感還不錯的人進行收音、編曲的工作，在嘈雜的環境聲裡，聽出一點和弦，聽出一點音律，但我沒有那麼講究環繞音效超高音質，我喜歡一些噪音。有噪音才是生活。

「風滾草」是隨遇而安的沙漠植物，「草」也有隨筆之意（如《徒然草》），既然是隨筆，最好是信馬由韁，有斑駁之美；取材於日常，不追求「整齊的」內容，僅靠作者的視野貫串全場。史努比的哥哥住在沙漠裡，因此這系列漫畫經常可見風滾草；有一年，史努比的哥哥在聖誕節的時候就地取材，把風滾草裝飾成耶誕樹，但才剛裝飾完風滾草便一身華麗地滾走了。比起查理·布朗離不開的那張小毛毯，我更喜歡說走就走的風滾草。《風滾草》選摘了過去十年一些生活形象，足以讓讀者認識我，像認識新朋友；但我本性不太能順暢應付鄰居、美髮師或裁縫師過剩的關懷。因此，《風滾草》沒有太多家務事，暴露過多私生活對我個人來說有點像裸體在捷運車站跑步，還招手請大家把車站當自己家。不過，也許有一天我也能克服這層障礙，把散文寫成天體營也說不定。

我的書也許能把讀者「從一個地方帶到一個地方」（我指的不是地理座標的移動），但是我的職責在我寫完這本書的時候就已經結束，真正的探險必須由讀者自行開啟。

我喜歡有歷史感的一切，然而面對自己的過去我很薄情，從來不熱衷於沉湎過往。神祕的未來對我來說，永遠比昔日更有魅力。可惜，身為一名生活的寫作者，我永遠追不上未來，而「現在」總是顯得如此短暫。書寫允許我與過往告別，談不上慎重，但那是我帶給未來的見面禮，我很期待。

初次以書相見，難免橫衝直撞，請多多指教。

【神祕嘉賓推薦】

彷彿滾過了半圈地球

《風滾草》或許是一種微微刺在心底的鬼針草。沿著高雄茎濃溪一路滾滾到上海香港法國美國各地，戳痛著各式笑點與哭點。超乎尋常的空間書寫，對地理政治的解構（音樂會突發地震！圖書館闖進松鼠！）；景物尺寸的畸變（香港摩天樓像牙籤插滿衣物，街車像巨型麻將在路上移動）；漫遊者不是閒來無事的散仙，祂的拂塵稍往「左」一偏，想把純金雕塑的聖壇磨成粉養活全世界流浪漢。從地鐵脫口秀的失業男子到被迫早熟的墨西哥幼童，從「手心向上」的乞丐到「手心向上」抽菸的愛爾蘭工人——深凝的眼睛總能觀照細微：那特殊的手勢，源自他國家多風的季候。

這是一本可以在沙灘吊床上躺著閱讀的散文集，但它才不滿於平凡簡單的異國情調，書中冷不防的刺點讓你滾下吊床，奔向那些使家鄉更遙遠、卻更親近的地方。在香港街廓、紐約哈林區喚起台灣喧嘩的夜市景象，而牌桌上過短的尺更遮擋不住美國僑民對台灣的回憶。如果離開是為了歸來，任何水族箱的魚爸爸對著魚孩子說：「世界就是一隻裝滿水的大箱子。」漫遊者四界趖來趖去，試著讓邊界再擴張一些，直至徹底跨越了美濃伯公壇的神界——在那巨大頸枕似的壇座曬毛巾、曬菜乾，或是一頁一頁翻著《風滾草》，彷彿滾過了半圈地球。

——神神（台灣文學研究者、寫作者、詩人）

能把豐富廣博的遊歷、閱歷與學歷，包裹鋒芒，暗藏在平實敘事的文風之中，這既是一種無需炫技卻自然高明的創作表現，也是包子開放面對世界、知識、他人與自己時，謙遜態度的體現。本書各篇作品，雜揉著社會評論、小說故事、電影畫面與樂音節奏，大大拓寬了傳統散文的抒情框架，搭建出一種夾敘夾議、剛柔並濟的創新文體。也因此，讀來輕盈有趣，但卻又有厚重深刻的殘響。

——李明璁（社會學者、作家）

「包子逸的散文，有生活的細節，生命的溫度，以及，一種很Chill的幽默感。我想，她是那種走到了蠻荒之地，也能把精采故事帶回來的人。」

——陳德政（音樂文字工作者、作家）

九歌文庫 1251

風滾草

作者	包子逸
責任編輯	羅珊珊
創辦人	蔡文甫
發行人	蔡澤玉
出版發行	九歌出版社有限公司 台北市105八德路3段12巷57弄40號 電話／02-25776564・傳真／02-25789205 郵政劃撥／0112295-1
九歌文學網	www.chiuko.com.tw
印刷	晨捷印製股份有限公司
法律顧問	龍躍天律師・蕭雄淋律師・董安丹律師
初版	2017年4月
定價	300元

書號	F1251
ISBN	978-986-450-121-2（平裝）

（缺頁、破損或裝訂錯誤，請寄回本公司更換）

本書榮獲 NCAF 國家文化藝術基金會 National Culture and Arts Foundation 文學類創作補助

國家圖書館出版品預行編目資料

風滾草 / 包子逸著. -- 初版. -- 台北市：九歌, 2017.04

面；　公分. --（九歌文庫；1251）

ISBN 978-986-450-121-2（平裝）

855　　　　106003036